Seba・蝴蝶

Seba・蝴蝶

Seba・蝴蝶

Seba・蝴蝶

Seba・蝴蝶

Seba · 蝴蝶

蝴蝶館 81

司命書

肆

蝴蝶*Seba*◎著

elegantbooks

目次

命書卷拾

黑馬

因為玄尊者（忘記穿衣服）的烏龍，將準人瑞僅有的一丁點緊張都打滅了，非常淡定的去見了上司旡道尊。

呃，跟她想像的不太一樣。

玄尊者很漂亮。像是皮膚很白的印度少年——大眼睛雙眼皮，美得雌雄莫辨。只是皮膚雪白，白得都發亮了。顯得頭髮更黑，所謂的烏髮如鴉。而且還留得很長，髮梢乾脆的沒入虛空中。

但是鬧的烏龍實在太二，完全泯滅了美少年應該引起的驚豔和感動。

他穿得很簡單，就是件白短袍。若是配上雙羅馬涼鞋，搞不好能cosplay大衛雕像之類。

旡道尊卻是另一種截然不同的風格。三件套標準燕尾服，頭髮往後梳，帥得跟吸血鬼一樣，充滿中年人的魅力……神情不要帶著那麼重的神經質就好了。

明明個性很熱情友善，那股神經質到底是哪來的……

客套的交談過後，她跟著玄尊者出去，走了好遠才想到，旡道尊有幾分像奧地利流行歌手法爾可（Falco）。

那種長相……會有點神經質的表情也是應該的。準人瑞點了點頭。

不過跟他握過手……準人瑞粗略的將他的實力評估了一下，決定還是將旡道尊繼續記在掄牆名單上，短時間內是執行不了了。

別以為他很帥就會忘記胡亂將她塞入紅樓世界的仇。

現在她可以參與社交生活了……從她房間的門口可以通往忘川鎮。是大道之初下一個非常小的迷你小鎮，規模據說有台北市那麼大，裡面的居民大半是初級執行者和許多行政人員。

辦完手續，任務積分終於有可以花的去處了。本界城市裡有什麼，忘川鎮就有什麼。許多初級執行者放棄升級，將賺來的積分紙醉金迷的花出去，活得好像也滿愉快的。

可是只兩天準人瑞就膩了。

因為忘川鎮如許繁華，卻沒有圖書館也沒有網路。想要這些設施，不好意思，往上升級吧。可是升級需要任務積分。雖然在上個任務準人瑞賺了相當七個任務天文數字般的積分……可是玄尊者很嚴厲的將她的積分卡設限。

只給她足以醉生夢死的額度，卻不能夠大筆花出去衝級。

她忿忿打手機給玄尊者，「信用卡有額度就算了，積分卡為什麼也有？我想升級！」

玄尊者斷然拒絕，「那點兒積分還不夠妳死兩次。」

準人瑞差點摔了手機。

紅塵繁華一點吸引力也沒有，同事……不知道為什麼，忘川鎮的執行者超多寫後宮小說的，大家三觀南轅北轍，還是別來往了。

她擔心自己一言不合掄牆擼壁就不好了。玄尊者跟她三申五令幾百次了。

回到房間……對，現在她可以為自己的個人空間命名，她直接取名為「房間」。被黑貓批評到沒有一塊好。

她煩了反問，「請問您的個人空間命名為何？」

他下巴一昂，「水雲間。怎麼樣？夠有氣質吧？」

「……我覺得『房間』挺好。」

準人瑞發現，她居然有嚴重的文青過敏。

嗯，回到房間，終於安靜多了。比起在忘川鎮胡混，她還是比較喜歡任務。她不懂為什麼做個任務會需要看心理醫生。

執行者不都是創作者嗎？作家還占大多數。她還以為喜歡寫通常也喜歡讀呢。像是寫作，不就是介入虛空架構世界，閱讀也是進入虛空的創作活一場嗎？那跟任務沒有兩樣不是？

「……完全不一樣!!」黑貓腦袋為之一昏。「不，羅，妳的認知有嚴重問題啊！」

「難道你們不這樣？」準人瑞滿臉問號，「難道你們閱讀跟看教科書一般，只看到很多字？那閱讀的樂趣在哪？」

黑貓居然無言以對。

幸好準人瑞被送來的任務轉移了注意力。非常稀有的，這批任務檔案裡居然有個明黃色。

「太稀奇了。」準人瑞嘖嘖，「頭回看到紅色以外的任務。」

黑貓沉默半晌，「Boss說過要罩妳。所以妳的個人評價會被折算成積分，不會飆太快。」

其實上司的原話是，還是張弛有度比較好，別太快將個好苗子搞夭折了。

……其實，照她那可怕的認知，好像什麼任務對她來說都差不多……吧？

明黃色的檔案是個「現代」任務。

「和我生活的本世界差不多吧？應該很輕鬆。」準人瑞非常樂觀。

「大概吧？」黑貓有點氣虛。因為這把任務都是Boss扔過來的，他對Boss有信任危機。

他就知道不該相信Boss。

因為一上線，準人瑞迎面挨了一個大耳光。

黑貓一抖，覺得自己死定了。

準人瑞的反應一直都很快。要不是上線總有幾秒暈眩和視角模糊，這個耳光不能挨。

但是挨完耳光，她立刻敏捷的將打她的人瀟灑的掄在牆上。

只是這具身體似乎不太健康，掄完她也差點扭到手。

可這不是最糟的。更糟的是，這個時候戒指的加強檢索發揮了功能……她剛掄上牆的是原主的婆婆。

有點糟糕，但是準人瑞只擔心了一秒。

對於力道控制一直都很有信心。她喜歡掄人也是因為受力面積大，對心理的壓迫強，但是要不要受重傷是可控的。剛她沒下重手，保證想驗傷都驗不出來。

所以她泰然自若的走出房間，靠加強檢索找到原主的皮包，原主婆婆的鬼哭神號徹底罔若無聞，施施然的走出大門搭電梯。

她原本想優雅的找個咖啡廳好好的翻閱記憶抽屜，結果走出電梯她居然在走之字形。

「……我頭好像有點疼？」準人瑞扶額，手腳太冰冷，頭又好像有點太燙。

瑟縮的黑貓很巴結的緊急掃描……然後又掃描一遍。

「羅，妳發燒到四十一度!!」

「是原主燒到這個度。」準人瑞糾正他，走向管理室櫃台。可才站定就天旋地轉，毫無辦法的直接昏厥過去。

準人瑞在救護車上短短醒了一回……因為找不到血管的救護人員硬把她戳醒了。還沒把氣嘆圓，她又毫無辦法的昏過去。

幸好不是大病，只是流行性感冒。就是身體太虛弱又疲勞過度，所以才會燒得一發不可收拾。

非懷孕狀態下的健康金手指還是很好使的，住院當晚燒就完全退了，只是全身有點無力。

最可愛的就是，家人一個都不見，來探望的是家裡的保姆和司機……不是有人吩咐，是人家單純心好。

終於有時間翻檔案了……然後準人瑞非常懊悔。

她怎麼下手那麼輕……就該將那老毒婆往牆上掄個十次八次，乾脆掄死算了。

說穿了，原主就是個受氣包，簡稱包子。這是非常常見的家庭狗血劇……她離世的時候民視都不想演了，早演爛了好吧？

原版是這樣。

原主蔣問晴出身算不錯，她爸在總統府上班，她媽在最高學府當教授，就生了她這個寶貝女兒。她也沒有公主病，是個乖乖女。就是不太適應學校教育，功課老是吊車尾，這大概就是結婚前她最大的煩惱。

她一輩子只叛逆過一次，被愛情沖昏頭，硬要嫁給一個大她十二歲的離婚男人。那男人跟前妻還有個三歲的兒子，可以說進門就得當後母了。

然後這次的叛逆就讓她後悔終生。父母在她自殺的威脅下屈服了，她高高興興的當了新娘，然後，然後就沒什麼然後了。

婚姻生活和她想像的不太一樣，但是年輕心熱的她還是懷抱著美好未來的憧憬，待婆婆和繼子非常好，丈夫雖然沒有戀愛時的熱情，但也是不錯了。

可她爸過世後，丈夫就對她冷淡很多，婆婆開始頤指氣使。等她媽也過世了，婆婆變本加厲，動輒打罵。丈夫對此不聞不問。

讓她最傷心的是，幾乎是她養大的繼子在婆婆的調唆下，對她非常不客氣，還學著奶奶的樣打罵她。

結婚十年，她沒生下一兒半女。一開始是擔心繼子不舒服，想說還年輕，晚幾年再給他添個弟弟妹妹，後來丈夫老推工作太累，同房的機率越來越低，她又還沒學會單性生殖。

這真是婆婆最好的吵架本：說她是不下蛋的母雞。

結果結婚十週年那天，丈夫跟她攤牌，說外面的孩子已經六歲，要上學了，想把他們母子接回來。

一輩子都是乖乖女的蔣問晴發瘋了，又哭又鬧的死都不離婚，也只拖了兩年，法院還是判離了。

離婚的理由荒唐可笑。她的丈夫以妻子「不履行同居義務」請求離婚，恐龍法官居然判准了，真是法界奇蹟。

她就這樣被掃地出門，狼狽的離開了她苦心經營了十二年的家。

可俗話說，人生之慘沒有底限。（咦？有這句？）

某個小說家誤將接收到的天機當成靈感。更不幸的那個小說家是個「小三萬歲」、「真愛最美」的貨。

於是合法、應受法律保護的正室太太，所有缺點被放得極大。渣男丈夫和無恥小三被塑造得無辜無奈又可憐，兩人痛苦的分分合合，最後是他們愛的結晶要上學了，小三捨不得跟自己的兒子分開，最後跟渣男一起上門，懇求能在家裡占一個小小的角落，只要能天天看到兒子就行了。

然後正室太太惡毒了。居然跑去他們愛的小巢門口上吊，造成孩子心理傷痕。最後小三和渣男結婚了，用盡了所有的愛與關懷才讓兒子走出心理陰霾。

……

這世界指鹿為馬的人真多。準人瑞很感慨。當過小三的作家就是不一般，真是另類的強悍。

但如果只是這樣，蔣問晴如何能讓大道之初對她伸出援手呢？

理由很有意思。在原版中，離婚後受盡風霜苦楚的蔣問晴漸漸安定下來，五十歲時，她在偏遠鄉下的國小當圖書館員。功課吊車尾，不太會說話，不會打扮又有點社交恐懼的她，開始寫科幻小說。

因為一直都使用筆名，到她離世前，讀者都不知道這位開科幻先河的作家是位女性。

直到她過世，出版社才揭開謎底。生前活得異常緘默的小老太太，死後卻極盡哀榮。

死前二十年內，她寫了五本厚厚的科幻小說。既富想像力又飽含人文關懷，雖然科技功底略有不足，但卻非常敏銳而超前。可以說，她起碼影響了三代科研人才，幾乎沒有一個科學家不是她的忠實讀者。

她的影響非常隱諱卻深遠。以至於她在改版後自殺身亡，導致科技文明進展遲滯了近百年，居然沒能扛過遙遠未來的末日。

這太讓人意外了啊。一個家庭主婦出身的作家竟然能造成這麼深遠的影響？這簡直是我輩楷模……不僅科幻，而且非常玄幻啊。

對於準人瑞的不解，其實黑貓更不解。他其實對準人瑞本世界的文化也略為了解一二了。

「以撒・艾西莫夫。」黑貓困惑，「我記得妳也是他的讀者。」

當然，她是。首倡機器人三大定律（之後擴充為四大定律）的前輩，她當然記得以撒・艾西莫夫。

「可是也沒有誇張到……」

黑貓更困惑，「妳離世的時候的確還沒有。」

準人瑞啞然，額頭滴下一滴很大的汗，然後決定不往下問下去了。

第二天，準人瑞被搖醒，張眼看到警察在側，心裡只有無盡的納悶。

她已經將蔣問晴的記憶理順了。她是個很宅的家庭主婦……前幾年還會去美容沙龍做做頭髮護護膚，這兩年因為公公中風，她忙著在家端屎端尿照顧病人，宅到不能再宅，剪頭髮是前年的事。

實在想不出能辦出什麼驚動警察的事兒。

蔣問晴的婆婆告她傷害罪，大概走了什麼不可說的關係，警察來找她做筆錄。

最後警察被忍無可忍的大夫轟出去。

「她昨天發燒到四十二度，四十二!!」脾氣不好的大夫咆哮了，「說胡話有可能，把人掄牆上？你掄個試試?!」

準人瑞安心的閉上眼睛繼續睡。

其實這一家子也是奇葩。又不是沒有錢，特別雇了保姆和司機呢，多雇個看護也是小菜一碟吧？

可公公中風，卻非要兒媳婦親自照料。說，這是媳婦該盡的孝心。

每次聽到這種論調她就想笑。

她還是羅清河的時候，活到那麼大的歲數，身體還不太好，難免有必須讓人照顧的時候。但她寧可雇陌生的看護，也死活不想讓兒孫照顧，尤其是媳婦或孫女還特別不願意。

不覺得太丟人嗎？越親近越感覺到丟人啊！

再說，兒媳畢竟是別人家的女兒，說穿了跟她又沒血緣關係，何必糟蹋人家？她就算有萬般不好，卻絕對沒有虐待他人的愛好。

雇看護好，銀貨兩訖，兩不賒欠。在醫護人員面前沒什麼丟人的。

這家子特別好笑。跟孝心實在沒有太大的關係……純粹欺負蔣問晴無依無靠娘家沒人罷了。

如果她爸還活著，依舊是高官，你看那家子敢不敢這樣糟蹋她。

蔣問晴不懂，只是一味的在自己身上找原因。事實上妳就算是絕世好媳婦也沒用，渣男會追求她想娶她……事實上是想娶她老爸呀！

要不然渣男能一路順風順水的從包工頭轉職成為營建廠老闆？不就是她老爸看在愛女份上給他鋪路？

大學畢業就結婚，已經被養得太甜的小姑娘最後還是太純（蠢）。

她不明白變心的男人比青春小鳥不靠譜。青春小鳥還能夠因為精心的保養多留一點時光，男人變了心就真的一去不復返了。

看了看鏡中的蔣問晴，準人瑞搖頭。

不過才三十二歲。曾經養尊處優的底子擺在那兒。她卻將自己折磨得如此憔悴蒼老。

為什麼女人不對自己好一點？為什麼沒有「止損點」的概念？

就算再怎麼不情願離婚，總是該看清楚現實吧？男人都找好下一個了，跟他吵鬧打架跟全天下哭訴，就能夠挽回他？不好意思，這是不可能的。

還不如理智冷靜下來，在最初男人最愧疚的時候，交給專業的來，請個靠譜的律師，替孩子和自己爭取最大的好處，然後將這男人棄若敝屣，將人生翻過新頁比較有建設性。

幸好猶未晚也。

這個時間點剛好在攤牌之前，下個月渣男就會開口了。

可惜不到一個月。剛行完一周天的準人瑞扼腕。蔣問晴身體不太好，根骨也不佳。能給個一年半載，她就能點穴了，保證能給這家人搭配特有的點穴套餐，讓他們每個都能非常「舒爽」。

算了。剛從女尊世界的彤親王成為受氣包小媳婦，準人瑞真不耐煩跟這群混球相處太久。

她掏出三仙散吞服，所以這個院也沒辦法出了。醫生發現她有嚴重的狹心症，而且冠狀動脈似乎太細，無法手術。

黑貓欲哭無淚，「妳知不知道我被抓到，Boss會直接把我惹死!?」

他抵不過惡勢力，被迫在各種醫療器材上面動手腳。不然用膝蓋想也知道X光片不可能是那個樣子吧?!

準人瑞一面吃荔枝，一面輕嘆，「我也不想的。出院和那群垃圾生活，我的心情會很不好。一旦很不好，我自己會做些什麼我也不知道……」

她仰頭想了會兒，「說不定會遷怒？這太糟了，我真的不願意。」

黑貓悽愴的想去找個角落飲泣。

準人瑞呵呵，硬在醫院賴了半個月才出院。

果然，蔣問晴不在也沒什麼，中風的公公還不是有看護管著。讓婆婆親自去端屎端尿，那是絕對無可能。

但是好了傷疤忘了痛，就是說這個奇葩婆婆。她立刻要將看護辭了，硬要蔣問晴親自照料公公。

準人瑞禮貌的請看護出去一下。看著這個奇葩，淡淡的笑了笑。

「很爽吧。」將奇葩婆婆差點戳到臉上的手指撥到一旁，「原本高不可攀的官家大小姐只能跪著給妳作踐，替妳老公端屎端尿。不但心裡很爽，在外人面前倍兒有面子。」

奇葩婆婆被噎了一下，惱羞成怒的吼，「說什麼瘋話!!肖查某，會吃不討賺，只想著臭XX要XX……天公伯怎麼不把妳這不孝媳婦劈死……」

準人瑞泰然自若的看戲，「唷，見笑轉生氣喔？」

奇葩婆婆衝過來要打她，準人瑞左轉右轉的讓她打不著。然後準人瑞做了件讓奇葩婆婆摸不著頭腦的事情。

她把自己的頭髮抓亂，扯掉了幾顆上衣釦子，甩掉了一只鞋子。

然後捂著臉奪門而出，哭著跑下樓，「暈倒」在樓下的廚房裡，快把保姆嚇死，立刻撥了一一九。

黑貓看著奄奄一息，嘴脣發青的準人瑞無語。

「我、我不知道妳的演技這麼好。」

準人瑞依舊一副喘不過氣來的樣子，心電感應的回答黑貓，「必須的。這年頭想當好人不容易……必須比壞人更奸巧才行。」

其實吧，這家的保姆真是個好人，很有正義感。唯一的缺點是……

她就是個超強功率的八卦電台，輻射範圍橫跨整個社區。

這次住沒兩天就回來了。

一直神龍見首不見尾的渣男親自來接，溫柔殷勤，好像啥事也沒有，他還是絕世好老公。

難怪又甜又蠢的蔣問晴會被騙得找不到北。渣男姓陳名春生，長相和秦漢有87%相像。跟人說話異常纏綿，滿眼的情深深雨濛濛，能讓女人心跳加速。

可惜，面對的是個老妖怪。見過太多美男，陳渣男還屬於不入流的。所以完美的演示了什麼叫做「俏媚眼拋給瞎子看」。

準人瑞只希望他閉嘴。那種噁心人的甜腔讓她的手好癢……好想掄牆怎麼破。

將準人瑞送回家，說了幾句「媽媽刀子嘴豆腐心，只是脾氣有點差」、「其實她也很後悔」、「當子女的要孝順體諒」等等廢話。

準人瑞敷衍的呵呵，陳渣男「有個要緊應酬」，於是離開。其實雙方都暗暗鬆口氣。

「我在忘川百貨看到一個『便攜式充氣娃娃』。那可以重複使用嗎？」準人瑞為未來的任務稍微有點憂心了。

黑貓差點平地摔，窘得滿臉通紅。不要說他有八百萬麾下還這麼純情。除了凶殘無比的羅，其他人都把他看得跟神一樣。

誰會跟神明討論充氣娃娃?!

不要不把黑貓當尊者!!

……但他也只有膽子在心底咆哮。不是玄尊者沒有威嚴，都是屬下太凶殘。

「不能。那是消耗品。一個任務用一個，任務結束就自動銷毀了。」黑貓僵硬的回答。還想重複使用？衛生觀念何在?!

「便攜式充氣娃娃」其實是為了不想以身飼虎的執行者所設計的，大小跟個鈕釦一樣。按下去以指紋增生成一具只有本能的生化人，能夠滾床單。收起來也就是一顆鈕釦大小。

這時候準人瑞懊悔沒買個以備不時之需。照資料對陳渣男的側寫，她擔心這傢伙會使出美男計忽悠蔣問晴……很多男人覺得滾過床單就大事化小、小事化無了。

她不是擔心陳渣男想用強，而是擔心自己忍不住替他開顱保持大腦通風。

還沒煩惱完，一回頭，繼子虎視眈眈的看著她。

十三歲的小孩一臉桀驁不馴，一面吼著「好狗不擋路」，一面用力的推過來。

真能讓他推著準人瑞也不要混了。她一讓，繼子推了個空，因為慣性非常用力的跌了個狗吃屎。

「都什麼年代了，」準人瑞語氣很寒涼，「不必行五體投地的大禮。」按著心臟非常嬌弱無力的回自己房間。

小屁孩展現完了關於國罵的深厚造詣後，登登登的跑向二樓跟奶奶告狀去了。這回奶奶卻沒有衝下來教訓後媽。

準人瑞冷冷一笑。八卦電台威力無敵。救護車來了兩回，加上保姆的強力放送，原身婆婆大概連大門都不敢出了。

這家人就是死都要面子。

其實，蔣問晴也是。被欺負得要死，還是什麼都忍在心底，連哭都不敢大聲哭。

這讓剛從女尊世界回來的準人瑞超級不習慣的好嗎？

坦白說奇葩婆婆打滾撒潑的時候她才真的感到很羞恥，羞恥到想自插雙眼好嗎？女子漢大娘子，那副德行是能看嗎?!

呃，咳咳咳。抱歉，她還有點陷在女尊世界回不了神。

她關在房裡，清算蔣問晴的個人財產。嗯，不意外。自從做過孟蟬任務後，發現渣男似乎都是同所大學讀出來的，手段如出一轍。

然後女人傻得也像是雙胞胎姊妹，雙手奉上所有，還自覺一家人不用分你我。蠢蛋。

古代女人都比你們有智慧，還知道嫁妝死都不能放手，老公反而無所謂。大概是古代女人講夫妻恩義……非常知道男人太容易恩斷義絕，只有嫁妝是永恆。現代女人反而被洗腦，為愛情犧牲奉獻最崇高……談錢簡直污蔑愛情的神聖。

只要被罵一句「拜金」、「愛慕虛榮」，蠢女人就拚命要洗白自己兼痛不欲生了。

「別裝死，我知道妳醒著。」準人瑞冷冷的說。

正在打瞌睡的黑貓猛然驚醒，「我沒裝死！」

「不是跟你說話！」

居住在左心房的蔣問晴默默垂淚，一句話也沒答。現在她的模樣有些恐怖，舌頭還吐出口外，需要相當的涵養才能縮回去。

黑貓望望發火的準人瑞，又看看可憐的原主。小心翼翼的搭話，「都已經這樣了……讓她說話實在為難。」

準人瑞的火氣一憋，差點嗆出一口血。

她們彼此交流一直、一直都是心電感應吧?!就算她沒了舌頭也照樣啊，何況不過是吐出點舌頭cosplay吊死鬼？

「我不跟腦容量太小的人……腦容量太小的貓說話。」

＊　＊　＊

蔣問晴就是個善良、軟弱，沒有主見也沒有自信的女人。

社會教育和家庭教育聯手打造，這樣的女人真的非常非常的多。準人瑞對她怒其不爭之餘，也有物傷其類的感覺。

在她都快忘記的少女時代，她曾經是這樣的女人。之後會變成截然不同、簡直像是被穿過的女暴君，除了生活的磨礪，其實也是因為她的脾氣實在太差，惹毛了，哪怕是命運也要爭一爭。

這是一個漫長而痛苦的過程。

「妳害怕，是嗎？」準人瑞嚴肅的說，「因為從一個家到另一個家，外面的世界對妳來說太可怕了。妳為失去魅力而惶恐，是嗎？妳以為就是妳沒有女性魅力，丈夫才會拋棄妳？」

「不是的。外面雖然可怕，卻非常遼闊而美麗。至於男人……」準人瑞冷笑，「有感情的時候，妳哪怕好吃懶做在他眼底都是嬌弱可愛。沒有感情的時候，哪怕妳將心肝肺都掏給他，他只會嫌棄沒把下水清理乾淨就遞過來。」

「要成為一個有魅力的女人太容易了。成為一隻野獸，成為一隻黑馬吧。」她的表情逐漸變得倨傲而猖狂，「讓我示範給妳看。」

她明白，蔣問晴並沒有相信她。但是天生的柔順，讓她不忍心反對。

也可能是放棄了。這都無所謂。

終於來到蔣問晴命運的那一天，渣男帶著小三上門，一個照面小三就跪了。

準人瑞連眼角都沒瞥她一下，故做困惑的看著渣男，「這是？」

小三膝行涕泣，「姊姊！」

準人瑞左右張望，表情更為困惑。「春生，這位小姐需要救護車嗎？其實精神病初期癒後還是挺好的。越早治療越好，別耽誤了。」她舉起手機，「需要我叫救護車嗎？」

「蔣問晴！」陳渣男變色怒吼，「不要裝傻！」

準人瑞也很乾脆，「我不了解，你說。」

她的過度冷靜讓奇葩婆婆、渣男與小三都傻了。

「……晚柔和我在一起許多年了。是，我知道對不起妳。但是我實在是情不自禁……現在孩子要讀小學了，我要將他們母子接過來。」

「姊姊，不是這樣的！」小三膝行著想抱住蔣問晴的腿，卻撲了個空，差點忘了底下要怎麼哭，「是、是我勾引春生的！都是我不好……但是我實在忍不住狂愛他！我錯了，妳打我罵我吧！只要給我一個小小的角落就行，我什麼都願意做！只要每天都能看看他，看看我的孩子……」

……哪個牌子的眼線筆啊？哭成這樣居然不會暈開。

她只是走了一下下的神，奇葩婆婆就跳起來扮黑臉了。

「男人三妻四妾有什麼不對？不下蛋的母雞占著茅坑不拉屎這麼多年還有理了？照我說就是該把這破ＸＸ趕出去，還跟她好聲好氣的說什麼……」

準人瑞知道不該笑，但實在忍不住。

「我還以為，現在的法律有重婚罪，刑法判得不重，兩年以下徒刑而已。」準人瑞歪了歪頭，「陳春生，你是認真的？」

陳渣男臉一冷，「蔣問晴，不要鬧。」雖然極力克制，陳渣男還是流露出一絲不屑。

準人瑞憐憫的看他一眼。自以為穩操勝券，早把老婆吃得死死的。可惜算破天去都算不出老婆的內容物加入了個千年老妖怪。

這麼重要的會面，準人瑞不搞個錄音錄影就太蠢。現在的針孔攝影機還特別經濟實惠功能強大，紅寶石戒指裡還塞了兩個錄音筆更加幾重保險。

她還是用功查了法條。重婚罪不只是領兩次結婚證書就算了，還包括如夫妻般同居的事實重婚。有了錄音錄影的證據，還有個私生子足以驗DNA和以出生日期定……陳渣男為了輕視必須付出慘重的代價。

「算了。」準人瑞站起來，「離婚吧。君子有成人之美……我會委託律師的。」

陳渣男一下子懵了，「什麼？」

準人瑞進房拿包，除了裝了證件的包包，其他都不重要。「我爸媽在陽明山的別墅，地址你知道吧？有什麼文件寄去那就行了。」

她毅然決然的離開，陳渣男想攔住卻莫名撈了把空。

其實蔣問晴遠沒有到山窮水盡的地步，無論原版還是改版。原版是拖到大家都沒臉，陳家那群無恥破罐子破摔將她兩手空空的趕出去。改版則是想不開，一吊了事，她的首飾和存款不知道便宜了誰。

處理過孟蟬任務的準人瑞駕輕就熟，不聲不響就把首飾和存款轉移了。甚至提早將年久失修的別墅修繕打掃好了。

這是個很老的社區，說是別墅……其實就是個很過時的小樓。這還是從爺爺的手上繼承過來的，是蔣問晴名下唯一的不動產。

她居然因為要不到地契就茫然不知所措的放棄。準人瑞扶額。真心希望教育能靠譜點，多教點有用的……比方說法律和家庭。

念到大學還是法律文盲的人出乎意料之外的多。

其實法盲沒關係，總要知道請教專業吧？蔣問晴不算沒有錢。

「好、好的。」在左心房的原主顫抖的回答。

……一直想打原主怎麼破？

同體的原主略為能了解準人瑞的想法，她都快哭了，「為、為什麼打我？要打也是打那個小三……」語氣非常幽怨。

「小三是什麼東西？跟妳一點關係也沒有，為什麼要打她？」

蔣問晴掉了眼淚，「她搶我老公！破壞我的家庭！」

「錯了。」準人瑞冷冷的回答，「破壞妳家庭的是妳老公。那個小三不過是跟妳老公交換體液的人，跟妳毫無關係。真的要揍也是要揍妳老公，誰讓他不安於室、紅杏出牆，給妳戴綠帽子。」

「但是妳這身體熬得太破了，讓我養到現在還是很不給力。對方有三人欸，就算能打贏也是慘勝，不能輾壓未免太丟人。暫且放放吧，把婚離了再說，不要節外生枝。」

「……不把小三打一頓我不甘心！」蔣問晴大哭。

「小三有挨妳打的資格麼？」準人瑞笑得更冷，「平白給個外室抬身分。」

……好像很對。蔣問晴停聲。可是，又好像什麼地方不太對。

黑貓縮了縮脖子。真不該讓她去女尊晃一圈……原本三觀就不怎麼正，現在好像更歪了。而且，忽悠人的級數好像往上升了一大台階。

說來說去，都是上司的錯。夾在當中的他真是欲哭無淚。

準人瑞認為，檢驗男女平等最好的指標是這樣的。

老婆被老公戴綠帽子，第一反應是回去將老公揍個半死，而不是優先處理奸婦。

若能這樣，男女平等雖不中亦不遠矣。

為什麼呢？因為女尊世界的女人就是這麼幹的，而本世界的男人，其實也是這麼幹的。

所以她根本不想處理小三，又跟她沒關係。

準人瑞將錄音錄影的備分交給律師，財產的分割就非常快速而清楚了。差不多就是把父母遺產要回來，加上一份豐厚的補償，對渣男來說不傷筋動骨的，準人瑞也懶得跟他扯皮了。

錢嘛，夠用就好。渣男嘛，揍揍就好。

所以乾脆俐落的離完婚手續辦好，第二天準人瑞就去蓋布袋了。先收點利息，掄牆掄完掄地板，然後很好心給他後背扎了兩針。

放心，驗沒傷的，她很知道分寸。為了避免太早腎虧，這兩針能讓渣男乖乖兩個月翹不起來。

不用謝了，離婚快樂。

過程只有十幾秒，全身而退。心情愉快的一路哼歌，非常流暢的開車甩尾過彎。

「……我不會開車。」蜷縮在左心房的原主怯怯的說。

「嘖，」準人瑞搖頭，「妳乾脆告訴我會什麼好了。明天我得去報個駕訓班了……」

「我、我不敢開車。」原主稍微鼓起勇氣。

「那這車怎麼辦？扔在車庫裡吃灰塵？」真不知道渣男把車給她做什麼……前妻又不會開車。

「……妳開吧。」原主湧起濃濃的羨慕，「羅小姐真厲害。」

「開個小車就叫做厲害？」準人瑞笑了，「讓妳知道我會開太空船，豈不是厲害到飛起。不只是太空船，我還會御劍飛行呢。其實駕駛吧，最愉快的就是能掌握自己的方向。」

原主沉默了。

準人瑞心平氣和，火氣早就熄了。誰年輕的時候不蠢？她那時候還不是蠢翻過去。會跟前夫結婚，原因之一就是跟他上過床，覺得自己不乾淨了。結完婚就乾淨了，沒事，正常。

明明知道離婚是對的，跟那種垃圾繼續拖磨下去，除了深淵什麼也沒有。還不是痛不欲生，一再質疑自己沒為了給孩子完整的家忍耐下去……是不是錯的。

現在回頭想只想以頭搶地，恨不得回去掐死愚蠢的自己。

原主沒話找話強撐精神，卻一句也沒提到離婚的事。

其實準人瑞明白她的徬徨和不安。

但不能這樣下去了。

所以黑貓發現準人瑞網購了一台電子琴，有些詫異。「……羅，妳、妳想讓蔣問晴走音樂家的路？」

準人瑞手一滑，一掌按在鍵盤上發出巨響。

「無理取鬧！」準人瑞痛心，「居然要求一個未來的科幻小說大家，同時擁有音樂才華！這簡直無理取鬧到極點……人的精力是有限的！」

黑貓睜圓了眼睛看她。說真的，他麾下八百萬眾，學者型不到一千之數。大家還是比較喜歡省事的金手指，像準人瑞這樣「純手工」全塞進腦子裡異常稀有。

然後她說，「人的精力是有限的」。

不知道怎麼辦，只好轉移話題。「那現在？突然有作曲靈感？」

「不是。」準人瑞想了想，「似乎升為正職後，我的記性變好了。本世界有些歌記得二二六六，現在好像都補全了。」

「妳不是很討厭剽竊嗎？」黑貓不解。

「只是拿來給原主洗腦的話，那就無所謂。又不往外傳播。」準人瑞神祕一笑，「She's a beast. I call her Karma. She eats your heart out like Jeffrey Dahmer.」

「……妳在說三小？」黑貓快瘋了，「別以為我不懂妳本界的英文！這什麼可怕的洗腦快收回去!!洗腦用〈喵電感應〉不行嗎？」

「不行。」準人瑞很堅決，「我非把她洗成Dark Horse那種惡女不可。」

這可能是一種另類的路占。

準人瑞都想不通為什麼會教蔣問晴成為「野獸」、「黑馬」。也不知道為什麼能將〈Dark Horse〉回憶起來，而且日漸清晰、完整。

還是羅清河的時候，她患失眠症足足二十年，最後實在太痛苦才棄守吃安眠藥。但是安眠藥太輕沒有效果，太重她會有段記憶空白，胡言亂語兼妄行。

她討厭沒辦法控制自己的感覺，設法戒了安眠藥，誤打誤撞的發現音樂能夠助眠。

不是什麼幫助睡眠的輕音樂，反而是串舞曲。因為非常喜歡，結合成歌單，有天聽到睡著了，中間驚醒的時候，又聽見歌聲流動，分辨是哪首歌後又睡著了。

其實她會失眠就是滿腦子跑劇情，從來沒有安靜的時候。聽著音樂，她會沉浸其中，設法聽清楚每個細節……終於得到難得的安寧，所以能夠睡得很深。

但不止於此。有時候劇情銜接不上非常暴躁的時候，只要找到適合的ＢＧＭ（背景音樂），劇情就會推動得異常順暢。

雖然不明白是怎麼回事，但是她直覺的想替蔣問晴配ＢＧＭ。

畢竟，這個任務的時間很短，蔣問晴也不需要太多的涵養。她只是……一時氣憤在改版命書的影響下上了吊，沒有受到更多的折磨就死了，整體的靈魂還很完整，只需要小幅度的修補。

準人瑞對她雖然恨鐵不成鋼，卻一點也沒討厭她。就像人不會討厭過去愚蠢白痴的自己。

捨不得蔣問晴走過十幾年的風霜苦楚才能抵達彼岸。現在她還如此年輕。

所以洗腦吧！誰說只有邪教才可以用洗腦這樣的手段。

〈Dark Horse〉是2013年Katy Perry的作品。MV非常華麗，走荒謬埃及風。歌詞大致上是說，「最好想清楚再跟我戀愛，你沒有退路，敢背叛老娘弄死你」。MV更狂，非常奔放的秒殺各式各樣的求愛者，一副「我就是世界，世界就是我」的樣子。

蔣問晴需要魅力、需要信心，需要多狂有多狂。

她不需要壓抑和憂鬱。

花了點時間，終於讓心音正確播放。沒想到的是，連MV都一起傳送了。這實在不稀奇，每個人都辦得到。像是獨自靜默的時候「聽到」並「看到」影像與音樂。

但是要不干擾生活，單獨播放給左心房的蔣問晴，這就比較困難，畢竟準人瑞沒這麼玩過，第一次總是比較艱難。

成功的時候，黑貓欲言又止。

「其實妳沒有必要對原主那麼好。」黑貓小心翼翼的說。

「舉手之勞。」準人瑞毫不在意。

其實黑貓擔心的是羅將蔣問晴帶壞。誰知道這麼洗腦後，未來的科幻小說大家還能不能出世，或者出世了卻產生奇模怪樣的變化。

畢竟，近準人瑞者歪。

讓黑貓想以頭搶地的是，乖得近乎膽小的蔣問晴幾乎是匍匐感激的接受這種洗腦。

雖然抖著音說，「我、我有點害怕。」卻接過身體掌控權，顫著手扭動了汽車鑰匙。

「不用擔心，駕訓場很空曠。」回到右心室的準人瑞氣定神閒，「我在妳身邊。」

雖然又甜又純（蠢），蔣問晴的智商一點問題也沒有，手腳也協調，很快的學會開車，駕照也是一次就通過。不像其他新手不敢把車開上街。

唯一的毛病就是，會神經兮兮的低聲唱著，「Cause once you're mine, once you're mine……」開得越快唱得越急促。

「這腦不能再洗了，再洗她都要精神失常了！」黑貓欲哭無淚。

「別把女人看得太脆弱。」準人瑞依舊淡定，「這是她自我調節的方式。」

……這真的不是強詞奪理嗎?!黑貓突然覺得用掄牆解決一切的準人瑞是那麼和藹可親……絕對比當個洗腦教主好得太多。

蔣問晴的心靈在洗腦（？）之下漸漸安定下來。

讓她天天泡夜店縱情狂歡、通宵達旦……再投胎十次大概也辦不到。但是走入人群，參與社會，那就不困難了。

……雖然說她的走入人群是乾脆的走進圖書館，參與社會則是幫忙社區活動……嗯，別對她要求太多了。

使她的心靈再起波濤的是，離婚一年整，繼子異常狼狽的按她家的門鈴。

正好下著大雨，雷聲隱隱。瘦削的少年瑟縮的站在門外。

「怎麼了？」在右心室閉目養神的準人瑞睜開眼睛。

「……我不知道。」蔣問晴茫然，「其實我最恨他。比恨他爸還多。可、可是……我真沒用。」

「沒事兒。善良從來不是錯。」準人瑞淡淡的，「交給我吧。對付白眼狼，我有經驗。」

陳家駿在淒風苦雨中瑟瑟發抖，又按了幾次電鈴。

一時衝動從家裡跑出來，然後才發現，他沒有地方可以去。為了面子和好強，他打滾撒潑的走後門進了資優班，卻常年倒數。跟同班同學的關係非常惡劣，身邊有那麼幾個小弟，只是因為他捨得撒錢。

所以才會從家裡跑出來，沒人願意收留他。因為，他早就沒錢可撒了。

為什麼事情會變成這樣呢？他一點都不明白。

江阿姨不是很好嗎？又漂亮又有氣質，打扮又得體，說話是那麼溫柔。陳家馳這小弟也很恭敬，怎麼逗他都不會生氣，是個很好的跟班。

但是漸漸的什麼都不對了。江阿姨說他該學著自立，所以保姆除了洗衣服，什麼都不幫他做了。江阿姨很擔心他學壞，所以只給他一點點零用錢。

甚至他得自己騎腳踏車上學，可是因為陳家馳年紀小，所以爸爸開車順路帶他去學校。

爸爸和奶奶說，江阿姨是為了他好，他大了，該學著自立。可陳家馳憑什麼過得那麼好，就跟過去的他一樣。為什麼爸爸和奶奶對他越來越敷衍，卻對陳家馳露出真心寵溺的笑臉？

這一年他過得痛苦不堪。驚慌和嫉妒幾乎讓他窒息。他吵鬧耍賴，只得到爸爸和奶奶更多的不耐煩和處罰，江阿姨越勸，爸爸和奶奶越生氣。

他總算看明白了。江阿姨和陳家馳都是陰謀鬼。先是把後母趕跑了，接下來就是想把他逼走，然後就能完全取代他們倆了。

這一年，痛苦不堪的一年，他才發現，全世界只有後母對他最好。雖然她又土又不漂亮，穿著香奈兒都像穿夜市牌。雖然嘴巴超笨，只會要他用功讀書，跟她實在沒什麼好說。

天天嘮叨著添衣吃飽沒超煩而且俗不可耐。但是走投無路時，卻只想到她。

騎了半個小時的腳踏車才到山腳下，但是下起大雨，實在沒有力氣騎上山，只能推車冒雨走了一個多小時……有一半的時間在迷路。

他不過是偶爾知道後母有棟在陽明山的別墅，好奇之下翻看房地契，瞥了一眼地址。幸好這是個很老的社區，很有名，路上還有熱心人載了他和腳踏車一段。

站在圍牆外，他全身滴水的按門鈴。

肚子好餓。快開門。

門終於開了，鬆了口氣的陳家駿想抱怨……卻瞠目看著穿著白色小洋裝的麗人，撐著蕾絲洋傘走過草地上的石板，垂著眼，睥睨的看著他。

那張揚美麗的眉眼，卻讓人膽寒，說什麼都不敢多看。

「有事？」他的前任繼母冷淡的問。

他第一個念頭就是，轉身就逃。本能非常靈敏的感覺到危險，非常危險。

然後中二的小孩就惱羞了。什麼嘛，我會怕那個女人？誰都能踩她一腳的懦弱鬼？無可能！他怎能這麼丟臉？

「還不趕快開門？問什麼問，有什麼好問的？」他非常中二的嗆回去。

前任繼母雙眉一揚，連個頓都沒打，轉身又要回去了。

站在鏤空鐵門前的陳家駿驚呆了，並且一股沁入骨髓的恐慌又從四肢百骸竄出來。

怎麼會？不可能的……誰都會拋棄我，她怎麼可能不要我？

「等等！」他趴在鐵門喊，衝口而出，「媽媽！」

準人瑞根本無視這種魯小又中二的熊孩子，不要說喊媽媽，喊祖宗也不會讓她眉毛動一動。

但是一直很軟弱的蔣問晴，卻在這時候發揮潛能，硬生生停下腳步。

「對不起。」蔣問晴淚流滿面，「真的，對不起。但是他，從他一點點大就是我在帶，那時他才三歲，那時他也喊我媽媽……其實我也不好，我該更嚴格管教他……但是我害怕，我怕別人說後母惡毒所以……對不起、對不起，全部，我都，對不起……」

她掩面大哭，整個左心房都在下大雨。

準人瑞嘆了口氣。非親生的母親難為，非常難為。但是能到「視若己出」的人，都是她不認識的夥伴。

能做到這樣的人，即使自己不知道，其實都是準則一的模範：保護種族存續。不管是不是爛好人，都忠實的服膺生物法則。

蔣問晴最蠢的就是放入了感情。跟她成為孟蟬時一般的蠢。

黑貓貌似無意的提到過，孟燕一生痛悔，把所有生命意義都押在蟲族戰爭上，最後在戰爭後期，也仿效「孟蟬」死得同樣壯烈。

其實她很生氣。費盡心力將她養大是希望她能幸福，不是希望她痛苦後悔的慢性自殺。

準人瑞回頭看著一臉是淚是雨的陳家駿。這些熊孩子就是令人這麼厭惡。

「進來吧。」準人瑞輕蔑的看著他，「但是希望你知道，你父親與我已經沒有婚姻關係，所以我對你也沒有任何責任。讓你進來是看在過去情分上……所以別惹惱我。」

千萬不要與我為敵。你會後悔的。

擔驚受怕並且哭得很累的中二少年只知道點頭了，特別乖順的隨她進屋。

準人瑞扔了件長T恤和一條浴巾讓小中二去洗澡，就開始煮飯了。

不管她對孩子再生氣，從來沒有罰過他們餓肚子。人生已經很辛苦了，吃飯是少有的亮點。剝奪吃飯的權利，那簡直太殘忍。

就算是個囂張跋扈的小中二也不例外。

等餓得受不了的陳家駿匆匆洗了個戰鬥澡，頭髮還在滴水的衝出來，鍋燒麵剛好上桌。

放了很多菇類、胡蘿蔔丁和馬鈴薯丁，洋蔥和泡菜。還有魚餃蛋餃蝦餃，和一顆蛋黃跟布丁一樣的荷包蛋。細拉麵浸在湯裡，好吃得停不下來。

趁他還在吃的時候，準人瑞炒了一缽蛋炒飯，外帶一小鍋味噌湯。最後一點不剩的讓陳家駿消滅了。

……十四歲的小孩真能吃。正是半大小子吃窮老子的年紀。

其實陳家駿還有點意猶未盡。但是他想留點肚子吃點心。

「好了。你可以說話了。」準人瑞給自己倒了杯紅茶，「我在聽。」

陳家駿眼淚差點又掉下來，果然後媽待他最好。於是毫無保留的將底漏了個乾淨。

「你爸爸和奶奶喜歡陳家馳……那是當然的。誰不喜歡聽話懂事功課好，嘴巴甜會巴結的小孩？」準人瑞淡淡的點評，「你實在太不靠譜。」

陳家駿大受刺激，跳了起來，「憑什麼？憑什麼?!我才不要巴結爸爸和奶奶……」他吼了出來，「我們是親人、家人！家人間還要諂媚巴結那還是親人嗎?!」

唷，小中二意外的純潔。居然會相信親人之間存在毫無條件、毫無保留的親情。

事實上，不是。除了種種條件和經營外，其實父母子女間的感情還受適性影響。所謂適性最簡單的解釋就是緣分。這點是父母都知道，卻全力掩蓋的祕密。

同樣是自己的孩子，就是會特別疼愛某一、兩個，跟智力、榮耀和能力沒有正關係或關係不大。

以前陳渣男和老虔婆是沒得選。現在不是有更貼心而且還優秀，適性更相合的孩子嗎？這兩人都是甩手掌櫃，髒活累活不會插手，只負責跟穿得乾乾淨淨洗得香噴噴的孩子玩。

「別傻了。」準人瑞嘲笑，「你已經過了最好玩的年紀……都開始冒青春痘了。」

「青春痘」正好命中陳家駿內心的痛，他暴吼一聲，忘情的想推前後媽一把……下一秒他讓「柔弱可欺」的前後媽直接掄在牆上。

整個後背、四肢百骸都痛得要命，剛剛緩過氣，他破口大罵，「你他媽幹什……」最後一個字還沒吐出來，又被往牆上一摜。

「等等……」他慘叫，前後媽卻沒等他，又迎來了第三掄。

直到第五掄他才醒悟，涕淚肆溢的喊，「對不起對不起！我再不敢了！對不起！」

準人瑞從善如流，鬆了手，「知道錯了就好。放心，我很有分寸的，連瘀血都不會有……就算想驗傷也驗不出來。」

陳家駿掩面痛哭。

「所以你沒得選，只能回家巴結你爸和你奶奶了……誰讓前後媽太可怕。」準人瑞輕鬆的說。

旁觀並且尾巴爆炸成松鼠尾的黑貓無言。自己把槽吐完了可以麼？留點餘地給人吐槽啊真是……

不過他跟小中二感同身受，差點也嚇哭了有沒有？

讓他意外的是，以為小中二會奪門而逃，沒想到小中二糾結的問，「可、可是，我不知道怎麼做。」

「那簡單。」準人瑞露出一個意味深長的微笑，「可你確定，要讓我教你？我已經跟你沒關係了……所以下手有點殘。你還是先回去想清楚再說。」

陳家駿既害怕又有點依依不捨。準人瑞特別幫他叫了計程車，還是能夠載上腳踏車的計程車。

雖然很凶，嘴巴也很壞。可、可是，後媽在這種小地方……那麼溫柔。

所以，其實，她還是很愛我的，對吧？我不是沒人要的。

「計程車在等了。」準人瑞想趕人了。

「……留下來不行嗎？」陳家駿不看她，倔強的嘀咕。

「當然不行。」準人瑞斷然拒絕，「等你爸你奶奶告我誘拐？我就掄了你幾下，也痛不了多久，不至於就要報復吧？有什麼事情手機不能連絡的？快滾！」

陳家駿對著她綻放了一個少年純淨的笑容，推著腳踏車跑向計程車。

……是否誤會並且腦補了些什麼？

一回頭，黑貓呆滯，蔣問晴根本就是將她往死裡崇拜。

黑貓說，「體罰是不好的！羅，有什麼事情咱們可以慢慢說，保護兒童，人人有責！」

蔣問晴說，「為什麼呢？羅小姐？您太厲害了……我對他再好，他、他就是不聽話，可您只是將他往牆上掄幾下，他什麼話都聽了，還沒有炸毛！」

喔，這兩個問題倒是可以一起回答。

「沒辦法，有的孩子就是賤皮子，不往牆上擼幾下不爽。」準人瑞神情很輕鬆，「體罰可是一門很高深的學問，不是誰都玩得起的。連最厲害的調教師都未必能掌握當中的度。姊姊有練過的，小朋友可不要輕易嘗試。」

黑貓和蔣問晴的內心都冒出一串兒的「…………」。

等蔣問晴倦極入睡，黑貓狐疑的看著她，嘀咕著，「絕對沒有那麼簡單。」

準人瑞微微一笑，卻沒有正面回答，「蔣問晴遭遇了太多家庭暴力。」

黑貓困惑，「就是這兩年她婆婆才敢對她動手。」

「不，」準人瑞肅容，「從她嫁進來的第一天就被家暴了。難道你以為她是天生的懦弱和自卑嗎？不是的，這是很精緻的精神暴力，並且很常見。只因為那個女人愛他，所以男人就能用這點要求她改變。只要不斷的暗示她，不用責罵也能將之貶低得一文不值，不依附自家男人就一無是處，甚至無處可去。」

只要放大她所犯的所有微小錯誤，哪怕只是忘了檢查繼子功課，都能細心又傷心的和她「談談」，然後溫柔大度的「原諒」她。

再犯錯誤也不用費神罵她甚至打她，只要不理她就能讓失去自信的她手足無措，恐懼得像是世界末日。

不消一兩年，就可以放置play了。因為她已經沒有勇氣也沒有自信了，親朋好友父母還會告訴她這是個多麼好的丈夫……讓她徹底孤立無援了。

「玄尊者，你知道我的吧？」準人瑞溫和一笑，「我的字典裡沒有『寬恕』兩個字。」

「羅，妳別亂來！」黑貓的聲音都繃緊了。

「放心，我有分寸。」

胡扯！妳從來沒有個毛分寸！

其實準人瑞真沒打算使壞。說起來算是雙贏吧？蔣問晴對繼子還有一點不忍，繼子也不是那麼無藥可救。

在她看來，調理個小屁孩不算事。

但是，只論陳家，有個優秀的孩子，是好事。但是有兩個優秀的孩子，卻是大難事。兩個都非常優秀，陳渣男和老虔婆，會為難，非常為難。

因為那兩個人渣對孩子抱持一種功利的取捨。傳宗接代對他們來說跟買保險一樣，為的是「養兒防老」，而不是想要與自己孩子同走一段人生路。

當中一個特別優秀的孩子卻跟他們不同心呢？這代表能給他們更優渥晚年的孩子看破手腳，成年後有飛出掌心的危機。

這變數一生，加上江阿姨不是個省心的料，可陳渣男偏偏褲腰帶很鬆……陳家可就熱鬧了。

她需要做的，不過是將陳家駿掰正。照蔣問晴那令人無奈又可愛的軟心腸，會很好的接棒下去。

光想想陳家必然的分崩離析，就覺得相當有趣呢。

弄懂以後的黑貓抖了抖。果然，羅一直都相當可怕，而且越來越可怕。

準人瑞沒打算花很多時間。

其實陳家駿智商沒問題，有問題的是家庭。蔣問晴也真是夠了，繼子老是欺負她，她還是忠實又堅定的壓著陳家駿好好讀完小學，基礎算是相當堅實。

國中也沒那麼難，荒廢的時間也還不算長。

需要的只是比較靠譜的補習老師。符合要求的沒有一千也有八百，只是她堅持要女老師不要男老師才多花時間罷了。

沒辦法，陳家駿長得脣紅齒白，比例上來說，男人是變態的機率比女人高多了。

就算過去不是變態，保不定未來不是變態。她可沒有時間去懲罰變態……那時傷害已造成，懲罰管毛用。

陳家根本不管陳家駿，哪怕他在外殺人放火搞不好還得看到報紙才知道，更不要說準人瑞自掏腰包給陳家駿請家教。

本來陳家駿很抗拒，準人瑞只睥睨的看著他，「所以我是白費一片心？是我自作多情？行了，以後別找我。把電鈴按穿了我也不會開門。」

「媽！不要！」陳家駿急出一身汗，「不、不就是補習嗎？我去還不行嗎?!」

實在他不知道自己為什麼會聽話。跟他爸離婚後，後媽變得很凶，一言不合就掄牆，一時忘情對她吼叫會被提著扔出門外。有事沒事就會被她諷刺。

可、可是。被她嘴雖然很生氣，但也很好笑。誰都不把他當一回事……只有後媽會做飯給他吃，給他縫掉了的釦子。衣服小了，會帶他去買。

說不定他是害怕，很害怕。

小孩子就是小孩子，什麼都寫在臉上。準人瑞淡淡的想。

「你啊，要活出自己的價值。」準人瑞氣定神閒的說，「還想不想讓你爸你奶奶瞧得上你了？不想巴結諂媚？行啊，用成績單亮瞎他們的狗眼。又不是什麼難事。」

忽悠個小中二，真是殺雞用青龍偃月刀。小中二不要說找不到東西南北，連上下都分不清楚了……就這麼嗷嗷怪叫的跑去補習，往看起來很高大上的目標奔去了。

只有一個問題。中二繼子一天要給她打三、五通電話，整天賴就沒有停過。

……煩死祖媽了。

可蔣問晴超喜歡跟小中二傳賴。

然後有回，將身體讓給蔣問晴熟悉，準人瑞回右心房養神……不小心養到睡著。醒來時發現蔣問晴跟著手機螢幕的舞曲舞動青春了。

那是小中二傳過來的，其實還滿無釐頭的電子樂曲。

準人瑞看了好一會兒，舞動得非常忘我的蔣問晴才察覺準人瑞醒了。

颼的一聲，她立刻縮回左心房，速度之快讓反應有點不及的準人瑞差點摔了一跤，並且羞得好幾天裝睡裝得叫不醒。

準人瑞不懂這有什麼不好意思的。其實她一直等個適合的契機帶蔣問晴見識一下繁華紅塵。

「……就是跳個舞怎麼了？人還不能有個愛好了這是？」

蔣問晴吃逼不過，痛苦莫名的低吼，「我都三十三了!!」

「才三十三。」準人瑞扶額，「再跳十年街舞都沒問題好不好？十年後街舞跳不動了，可以直接接國標！跳到八十都沒問題！」

「我、我老了……」蔣問晴哭，「我老了呀！」

「老屁喔老。」準人瑞沉臉，「等妳八十了回頭看，會覺得現在還太年輕。」她深深嘆氣，「不甘心對吧？一直埋在內心的叛逆，蠢蠢欲動，對吧？即使是個乖孩子，還是渴望能夠青春瘋一場，對吧？」

蔣問晴流淚更急，「我知道我這樣不對……」

「哪裡不對了？我說，很對。」準人瑞正色，「因為現在的妳是成年人，能為自己負責，再也沒有比現在更合適的時候了。」

渴望美麗，渴望被注目，渴望舞動四肢吸引所有人的注意，完全沒有什麼不對。

這還是Boss宮國蘭和王毅教會她的。其實他們三個都忙得快死，卻還是會榨時間跑去唱歌跳舞。

宮國蘭教她跳探戈，王毅教她如何跳入舞池，怎麼放縱四肢和心靈。

因為，人需要為自己活一小會兒。

接手蔣問晴的人生以來，準人瑞一直沒往護膚美容的方向發展。雖然蔣問晴於武學上的資質比平平還差，卻很有心勁兒，大概未來能保持健身習慣。

再說有健康屬性的運轉，什麼美容沙龍都不夠看了。一年多臉上什麼也沒抹，暗沉色素沉澱都沒了，所以說健康才是最佳美容聖品。

這樣的臉蛋真是濃妝淡抹兩相宜，只要將眉眼特別強調一下，加上三分自信，兩分拒人於千里之外，堂堂一個冰山美人就出爐了。

可明明是準人瑞當面出場，窩在左心房的蔣問晴還是抖個沒完……緊張的。

「……真的很緊張，就聽聽〈Dark Horse〉。」準人瑞無奈。

走進Pub，其實她也不是羅清河，而是王毅。

王毅才是那個無畏的野獸，奔騰而來的黑馬。真正的女王。

一履地就能吸引所有人的眼光。當她起舞的時候，所有的人只能跟隨和臣服。

她會是蔣問晴最好的範本。

準人瑞能教她的就是，不要被五光十色迷惑，並且怎麼悠遊於紅塵，得其樂不受其害。

不要接受陌生人的酒，不要讓自己的飲料離開自己視線。要矜持倨傲，保持疏離的禮貌，並且勇於說不。

畢竟是出來找樂子不是出來找滿心傷痕的。

準人瑞還幫她改造了小珠包。那個閃亮亮的小珠包事實上是個電擊棒改裝的，可以將成年男人電得不醒人事，連續電上七八條大漢一點問題都沒有。事實上還有點重，電量用完可以當流星錘用。

沒辦法，練武資質太差，蔣問晴大約也吃不起練武的苦頭。在這個現代文明社會，也不需要太強大的武力……一點防身工具就行了。

接著準人瑞就將她扔出來面對世界了。從一開始的手忙腳亂、語無倫次，到漸漸能期期艾艾的應對，最後開始煥發自信，眼神發亮，笑容越來越多……準人瑞感到很安慰。

直到有一天，她走向捷運站，經過一個小巷，差點被色狼拖入暗巷時，她沒等準人瑞附體來救，還記得按下小珠包的開關，將色狼電得口吐白沫……準人瑞終於相信她將勇氣也找回來了。

「……謝謝。」打過一一〇後，驚魂甫定的蔣問晴含淚說。

「說什麼傻話，是妳自救了。」窩在右心室的準人瑞笑了。

蔣問晴很想說什麼，只恨嘴太笨，嘴皮蠕動了一下，還是什麼也沒說。

也許是找回了勇氣和自信，蔣問晴和繼子相處越來越自然，還學會準人瑞式的嘻笑怒罵。甚至，和圖書館認識的一位男士開始約會。

這不是重點。重點是，三個月後的情人節吃完了燭光晚餐，好感越來越深的兩個人水到渠成的去飯店開了房間。

渾然忘我的蔣問晴直到鎖骨被親吻，才猛然想起準人瑞。

尖叫聲讓避到門外的準人瑞都吃不消。

「……我在外面啦！」準人瑞無奈的心電感應，「妳繼續。」

往外又走了幾步，一回頭，黑貓瞪著她，瞪得眼珠子快掉出眼眶。

「……不生氣？」黑貓有些乾澀的問。

「為什麼我要生氣？」準人瑞莫名其妙。

「呃，呃……事主跟人滾床單……」

「哈？」準人瑞更摸不著頭緒，「那男的身分證上沒有配偶，而且沒什麼惡念，不是殺人狂或虐待狂。他們滾床單沒什麼問題呀。」

黑貓蹭著魂魄形態的準人瑞兩圈，「可、可羅不是仇男嗎？」

「我是仇男。」準人瑞點頭，「但我不要求別人跟我一樣仇男啊。因為我什麼都經過了，仇男不礙著什麼。可是原主還年輕得很，陰陽調和、水乳交融，很好啊。

只是今天太突然，明天可要讓她服用事後避孕藥。保險套主要還是隔絕性病，避孕是順便。女人還是掌握避孕權最好，因為，男歡女愛最後還是要女人買單啊！墮胎成本太高了，避孕藥等等副作用比較起來還是小事呢。」

被普及了一大套避孕教育的黑貓臉都紅了。好幾次求她別再說……可惜羅根本不會聽他的。

戀愛能夠火速提升女人的自信和魅力。蒸騰著生命力和魅惑的狀態不但讓女人更美麗，甚至會輻射影響周圍的人。

第一個遭殃的是剛剛步入青春期，滿腦子黃色廢料的小中二，繼子陳家駿。讓他能忍受補習的枯燥和繁重功課的，也只有週末週日和繼母聚餐。繼母男朋友的出現簡直天崩地裂、怒不可遏。

尤其是繼母越來越美，在他心裡的比例越占越重。在曖昧衝動的青春期加成中，逐漸變質了。

準人瑞發現了，可蔣問晴也發現了。

中二少年欺上來時，蔣問晴給他的胃來了一記重拳，將他推搡到牆邊，來了一記壁咚。

少年心跳如鼓。繼母面無表情的俯瞰他，精緻描繪的眉眼美得令人不敢直視。

沉默良久，蔣問晴將撐在牆上的手收回。「你還記得我是誰吧？我可是你媽。」

少年蠕動嘴脣，蔣問晴卻搶在前頭，「你想說，我不是你媽？」她快步走到門口，打開門，「想清楚了再說。我沒有亂倫的習慣，更沒有戀童癖。」

「……我不是孩子！」陳家駿受傷的低吼。

「你若不是孩子，就不需要我這個前後媽了。」蔣問晴指了指開著的大門。可憐的中二少年泣奔而出。

等他走了，蔣問晴費盡力氣才將大門關上，並且頹然的坐在沙發上。

「……好險。」她將臉埋在掌心，「真的，好險。」

準人瑞沒有說話，只是靜靜的聽。

「我、我以為都過去了。可是，可是……其實我還是很恨他。有機會毀掉他的話……我差點就下手了。我原來、原來是這麼可怕的人……」

「可妳放過他了呀。」準人瑞的語氣難得的溫柔。

「因為我也愛他啊！」蔣問晴哭了，「他才剛高過我膝蓋就養著他！給他洗澡餵飯講故事……十年啊十年！養塊石頭十年也會有感情啊！但他不走投無路根本不會想起我……我有多愛他就有多恨他！」

「其實，」準人瑞微微滄桑的說，「親生的兒子也差不多。」她嘲諷的笑笑，「『燕燕爾勿悲，爾當反自思。思爾為雛日，高飛背母時。當時父母念，今日爾應知。』」

蔣問晴愣了一下，反覆咀嚼，悲愴越來越深，俯地嚎啕，「爸爸！媽媽！對不起對不起……」

準人瑞無聲的嘆了口氣。所以她一直將養育子女當成責任和樂趣。若要計較得失，先得算她是否將父母債償完，才能坦然向子女要債。一代追一代的，簡直是惡性循環，弄得跟買賣似的，親情反而沒有……搞什麼，不如把養子女的錢拿去投資。

……說是這樣說，但是她也沒能那麼超脫。投下了感情，總是會陷入愛恨漩渦。

可看似軟弱的蔣問晴卻飛快的堅強起來。

她還是會去接陳家駿回家吃飯，在他面前卻開始素顏以對，不再那麼熟不拘禮，保持距離。

陳家駿茫然失措，又想克制又衝動，兩個人的關係異樣緊張。

最後是準人瑞幫了一把。

這麼說吧，當兩個人實力差不多的時候，追求方會有妄想，覺得加把勁兒就能比肩。可兩個人實力差距巨大到有個聖母峰時……追求方只能跪了，什麼妄想都不會有。

準人瑞教小中二散打，將他骨頭都快打散了。他終於想起，看似嬌弱的繼母，是能將他「掄（牆）數十，驅之別院」的金龍鑲框、等級滿滿問號的世界首領。

畢竟只是春心初萌時……少年哪個不春心初萌個十回八回，滿腦子只有什麼什麼衝腦。適當應對後，很快的，不應有的心思快速退潮……事實上他國三了，水深火熱中，更沒心思瞎想了。

蔣問晴看似一片大好，而且準人瑞的任務即將結束的當口……蔣問晴跟男朋友分手了。

「什麼?!妳要留下?!」黑貓整個暴躁了，「妳瘋了啊？妳是蔣問晴她媽？要包山包海包一生啊?!她不會有事的好吧？原版那麼慘都慘過去了好吧？妳現在是正式員工了，超過時間扣的是積分，還以秒計費妳知道嗎?!」

「你不懂。」準人瑞將黑貓搡到一邊去。

黑貓暴跳，「我會不懂？羅！她並不是過去的妳!!」

「那當然。」準人瑞獰笑的掐住黑貓的後頸搖晃，「你不知道嗎？有時候我不喜歡聽實話。」

被晃暈頭的黑貓眼眶溼潤了。

他一定是最沒有尊嚴的上司。

「……羅小姐，妳在嗎？」蔣問晴弱弱的呼喚救了黑貓，準人瑞立刻將他一甩，顯現了真身飄在蔣問晴面前。

「我在。」

蔣問晴勉強一笑，「是我要分手的，不是他的錯。他、他對我一直很誠實。一起頭就告訴過我，他是享樂主義者，這輩子不考慮結婚的事情。」

準人瑞點了點頭。這個她知道。蔣問晴的男朋友姓夏名風，非常人如其名。家裡好幾棟學生公寓，他只管收租和管些瑣事，有大把的閒暇時間，但是又無所事事的別具一格。

白天混圖書館，聽說想把整個圖書館的書都看完。晚上就是玩，能夠欣賞歌劇也去搖滾演唱會。國際標準舞跳得超讚，卻也會玩滑板。喜歡旅行、運動、閱讀。

最可貴的就是心腸不錯，對蔣問晴是真心的，總帶著她到處玩。

「但是我太喜歡他。」蔣問晴努力保持笑容，眼淚卻還是滑過臉頰，「越來越喜歡他。早晚我會逼他結婚，將他改變得面目全非。」

「羅小姐，這不行的。妳看看我，看看我。我就是被另一個人強迫轉化成這樣，以愛的名義。妳看看我，曾經有多痛苦。我喜歡自由自在放飛的阿風……但我終究和他不一樣。對不起，我不是黑馬……我不需要草原，我要的是家……

我很愛他，羅小姐，我很愛他。我不想折了他的翅膀。」

她撲入羅小姐的懷抱，沒有溫度，是一片清涼。之前有很多猜測，但現在她什麼也不想。

羅小姐是她的朋友。最好的朋友。是羅小姐一路支持著她，不然她早就走不下去了。

準人瑞輕輕撫摸蔣問晴的頭髮。比她想像的還善良啊，這孩子。

這就是她為什麼忍受超時以秒計費的緣故。

後來蔣問晴沒有成為「Dark Horse」……表面上。

本性難移，她畢竟是個乖乖女。見識過繁華，厭倦得很快。和男朋友分手之後，她在年齡的最後期限考過了高考……她大學原本就是圖書館系，也很幸運的考上，成為一個公務員，一個真正的圖書館員。

比原版提早許多年。原版中她到五十歲才當圖書館員，而且占的還是工友的缺……偏遠小學沒有辦法。

收起華服，收起化妝品……收起美麗與嬌媚。

像是將所有的青春都燃燒殆盡。

面對上了高中的繼子，她溫和的像是一個朋友。受她的影響，陳家駿也喜歡上科普書籍，常常交換書單。

是的，不是科幻小說，是看起來有點乾巴巴的科學普及書籍。電視她也只看Discovery。

一個理化數常常在及格線掙扎的人，卻喜歡這些，實在很不可思議。

但是，準人瑞知道，她依舊飽富魅力。即使包裹在保守套裝之中，依舊散發著成熟智慧的魅惑，僅僅是垂眸也能讓人臉紅心跳，雖然她無意如此。

沒白白給她洗腦。幹得好。準人瑞給自己點個讚。

可是腦容量有點小的黑貓看不出來，「結果她也沒有如妳所願的……」成為野獸或黑馬什麼的。

準人瑞笑得意味深長，「不需要。本來就是激勵她……憑什麼原主非得照著我規劃的路走？我又不是上帝。」

……妳不覺得妳的標準一直在浮動嗎?!妳為什麼不說因為我爽？這樣還比較不違和！

但是膽子也很小的黑貓沒有勇氣吐槽。

等陳家駿高三的時候，不得不搬出來。

因為陳家已炸鍋。

保姆遭受池魚之殃，被解雇了。陳家駿遲疑的問蔣問晴能不能幫她找個工作。

準人瑞很感興趣，慫恿蔣問晴將保姆接收過來。有正義感的八卦電台啊，這可不是容易出世的物種。

保姆倒是欣然前來。在她嘴裡陳家就沒有一個好東西。

陳家駿浪子回頭，在所有人沒有心理準備下，神勇考上第一高中，名次還很靠前，震驚全家了。

功利的陳渣男和老虔婆立刻將陳家馳扔到一邊，殷勤的對陳家駿噓寒問暖。他奶奶還公然放話，說陳家駿才是正經婚生子，所以才這麼有出息什麼的……

這可真的惹到江阿姨了。這話是什麼意思？諷刺他們家小馳是私生子？會是私生子該怪誰？

於是蜜月期正式結束。婆媳關係急速惡化，好人的面具也龜裂了，再說，既然已經上位，誰還肯經年累月的裝賢淑啊？

好了，開始鬧了。婆婆和媳婦開戰，陳家馳當然護著他媽，婆婆對伶牙俐齒的媳婦沒辦法，還拿她生的雜種（？）沒辦法？於是掐得雞飛狗跳。

陳家駿吧，上高中辛苦，晚上還得補習，哪管家裡兵荒馬亂。陳渣男吧，跟前兩段婚姻一樣，家裡吵就躲，哪裡不是安樂窩？

於是安樂窩的小三又食髓知味，姓江的還不是小三上位，她行為什麼我不行？扎破了一打保險套後，成功有身孕，挺著肚子裝小白花，怕孩子頂著私生子的名義不好聽，看能不能假離婚先娶她……

熱鬧得不堪聞問。全家的火氣都頂天了。

湊巧蔣問晴她前公公的中風症狀經復健好多了，然後病成這副德行的老色鬼，偷偷掐了保姆的屁股一把，保姆炸了，嚷了出來。

早就滿肚子火氣的老虔婆顛倒黑白，跟保姆撕扯了一番，將她開除了……

保姆能給他們好過嗎？之前八卦得還含蓄，這次公開揭密大放送……程度大概是非搬家不可的地步了。

跟改版真是大不相同呢。

其實也很容易了解。有很多國家發生國內衝突的時候，就會趕緊將矛頭轉移到國外，以求消弭矛盾團結國內。

陳渣男和江小三能那麼情比金堅，其實蔣問晴功不可沒。她越鬧，這對狗男女就越團結感到更相愛。蔣問晴這「外侮」把自己給解決了，還不有個身心巨創的兒子需要關懷照顧嗎？感情都是培養出來的，共抗外侮的時間有了，愛情的基礎也穩了，自然幸福快樂。

那時小中二早把自己作死了，連個疙瘩都沒產生。

結果二話不說，「外侮」蔣問晴拔腿就走。少了「外侮」這塊試金石，加上一個優秀沒空作死的小中二，不用推波助瀾都要翻船了。

「居然還驚動了我媽呢。」陳家駿冷笑，「讓我跟她走。我呸！沒考上一中之前為什麼不問我？我長到這麼大難道沒媽希罕她?!」

「說什麼話來著？」蔣問晴喝斥，「到底是你親生母親，尊重點！」

陳家駿跟個鵪鶉似的，狗腿的笑了一笑。

準人瑞覺得完全可以放心了。

休息時間

黑貓黑著臉看著準人瑞哼著歌爬上床躺平，沒幾秒就睡著了。

說實話，不過是個明黃色的任務，對羅來說過分簡單。完成度也不令人意外，除了「超越完美」不會有其他評價了。

幸好Boss願意罩她，不然個人評價不知道又要飆到哪去。

雖然有偏差，終究還是拉回正軌了。命運線無比明亮。

可是讓準人瑞插手過的世界有不歪的嗎？黑貓都不敢細想了。

蔣問晴提早十年成為科幻小說家，科技底子的問題解決了……她有一個科班出身的「顧問」。和她同列齊名的繼子陳家駿，成了航太科學家。

和原版不同的是，原版的蔣問晴，小說主角都是少年，可準人瑞插手過的版本……主角卻全成了張揚跋扈，豔光四射的女人。

名台詞有兩句：「世界就是我，我就是世界。」、「規則就是我，我就是規則。」依舊想像力豐富、敏銳而超前，但是場景明亮豔麗許多，而且有很濃厚的女性主義。

準人瑞的洗腦還是成功了。蔣問晴沒有成為黑馬，卻讓她的主角成為黑馬的化身……間接促進了男女平權。

她本人也格外關懷離婚婦女，甚至用稿費成立了一個基金會。

……雖然都是加分題而不是世界任務，但是，加分加到這地步離世界任務很遠嗎？可這不是最糟的。更糟糕的是，黃色任務能得到這麼龐大的積分已經很了不得了，可是卻入不敷出……

超時以秒計費硬待了三年不是開玩笑的！導致這任務出現了龐大赤字，赤字！

結餘的積分真不夠羅一次死的！這種危機之下羅居然還能睡著！

「都怪我，」黑貓痛苦的捶地，「都是我慣得她。」

滾了一會兒，黑貓將結算報告拍在準人瑞的臉上，火速跑去找上司，說不定Boss能傳他幾手……比方說讓下屬聽話些別自己作死。

醒來時發現天黑了讓準人瑞驚愕了一下，清醒過來才發現臉上覆著一份報告。

她只大概的翻了一下，興趣缺缺的擱到旁邊去。

在她看來，剩下的積分還是很多的嘛，夠她買想買的東西了。

「便攜式鈕釦型充氣娃娃」不占空間，可以用靈魂帶走……難怪是長銷品，她一口氣買了三個。

然後她買了一個神祕的書架，就把額度花光了。

書架很典雅，是個西式書架，雕刻了長春藤等美麗花紋。神祕書架的功能據說很雞肋，就是能把經歷過的任務，變成一本本的書……文字書。

在普遍使用3D影像、甚至是心靈顯像的玉簡等等高檔產品中，神祕書架顯得超級不入流。

可她就是喜歡文字。

透過文字和想念的人見面，這是多麼好的事情。

現在書架上只有十本書，以後會越來越多吧。將來還會遇到什麼樣的人呢？沉寂已久的心，也泛起了一絲絲的期待。

黑貓回來的時候，還以為走錯地方。

一直很懶得裝潢的準人瑞居然把「房間」妝點得美侖美奐。

一個玻璃花房似的書房，陽光溫暖，涼風徐徐，屋外纖細的各色虞美人隨風輕搖，天很藍，草原接白雲。

……裝潢到「天象」，這個積分可不便宜!!

緊急查了積分，黑貓頭一暈，滿腦袋的紙條也隨風擺動。

羅剩下的積分只夠她買碗泡麵。

千防萬防沒防到這個啊！大失算！他只記得給羅的積分卡設額度，卻沒防到個人空間裝潢無須積分卡是直接扣積分的。

黑貓泫然欲涕的看著準人瑞。

「為什麼一腦袋的紙條？」羅合起書，奇怪的看著黑貓，「是跟誰玩撲克？一直沒贏？」

黑貓哇的一聲哭了起來。他被上司坑翻了，要問的沒問到，糊裡糊塗輸了一路，每張紙條都是欠條，還必須貼在臉上。

「你們都欺負我！可勁的欺負我！」黑貓哭得稀哩嘩啦。

……果然還是，未成年的排骨精……排骨貓。

「好好，對不起。」準人瑞嘆氣，將一腦袋紙條的貓抱起來，「我們都不好，不該欺負弱小。」

黑貓趴在她肩膀上哭了個面白氣促，非常可憐。

夾心餅乾果然不好當。準人瑞沒什麼良心的感慨了一下。

命書卷拾壹

Popping

「其實，」黑貓有些不安，「多休息些時候也沒關係，妳已經脫離新手期了，自由度大很多。」

準人瑞看了黑貓一眼，「沒事。我愛工作。」

事實上，她喜歡任務沒錯……不如說她喜愛閱讀。但這麼急著去工作的緣故……是想趕緊去賺錢。

自從她將積分花乾淨，黑貓的心情每天都是陰天。雖然她不怎麼在乎活不活這事兒，畢竟她活夠了。可讓黑貓這麼擔心，總覺得過意不去。

再說，黑貓欠了一大筆的積分……被旡道尊坑的。

她自覺是個負責任的飼主，寵物債飼主還……雖然黑貓嚴厲的拒絕了。但她總不能乾看著不是？

可等任務檔案到手，準人瑞立刻後悔了。

她不該將積分花到只剩下夠買一碗泡麵。

因為這份獨一無二的任務檔案，危險度是遮蔽狀態，分類是「末世」。

「靠！欺負人這是!!」黑貓跳起來，手機撥號到一半才發現上面有個紙袋，內附張小紙條和一粒藥丸。標明這個案件是「特急件」，還是上司的上司的上司……特別撥下來的。

看完紙條，黑貓安靜了好一會兒，淚眼婆娑的說，「羅，妳的命好苦～」

說真話，她也這麼覺得。

末世標籤的案件已經到了生死存亡的關頭，可以說是最不受歡迎的任務。而這份案件會特別發到準人瑞手裡，是因為她擁有一個非常特殊的「健康屬性」。

聽說一個厲害得不要不要的神器上司，推算了滿天星斗那麼多的執行者，才發現了熠熠生輝的準人瑞，有那麼微乎其微的仗著外掛完成任務的機會。

……怎麼聽起來超級不靠譜？還有，那粒藥丸是幹嘛的？

「為任務量身訂作的止痛藥。」黑貓有氣無力的說，「完了完了完了……」

「不要慌。」準人瑞老神在在，「酬勞怎麼樣？」

這時候還能想酬勞?!但是黑貓仔細看了案件檔案……「超多。比做二十個紅色任務還多！失敗懲罰……居然這麼少？還能透支積分額度呢！」

「幹了。」準人瑞非常乾脆。

現在她也算明白大道之初的尿性了。越難的任務，酬勞越優渥，失敗懲罰的條件越寬鬆。

不這樣誰想賣命啊。

她一把將止痛藥吃了。

一上線，她就明白為什麼特別配發止痛藥……特麼的都先吃止痛藥了，還是痛得要命……程度跟無麻醉拔智齒差不多。

然後她發現自己不能動。抽搐了一會兒才發現，下半身被半樓高的廢鐵給壓住了。

這個時候她是趴著的，左手腕銬著一個手銬附帶鐵鍊，另一端銬在一個手提箱的把手，距離她大約有兩公尺左右。

左手腕已經看得到骨頭了啊。

而且她快被「擠」出來了。

準人瑞立刻汗了。這經歷好熟……跟孟蟬死在手術台的感覺簡直一模一樣。上線就掛是哪招啊!!

若不是黑貓大腳一踹硬把她踹進原主的身體，真的掛定了好吧？

這不是最糟的。更糟的是，有兩個襤褸的像乞丐的男女走過來，卻不是來救她的，而是想搶她的手提箱。

「喂！」準人瑞大喝，第二個字吐不出來，倒是吐了一大口血。

這對情侶（？）被嚇了一跳，男人拔出槍居然對準了她，開了保險準備扣扳機了。

即使狀態差到離死只有一釐米，準人瑞能被槍殺了也真別混了。從紅寶石戒指裡摸出手槍，反而後發先至，先把男人拿槍的手廢了。

「滾。」準人瑞冷冷的說。如果沒再吐幾口血，其實還滿帥的。

「妳怎麼可以隨便傷人！」女人對她尖叫。

靠北喔。又痛又虛弱的準人瑞連話都不想對她說，直接又廢了她拿著球棒想上來行凶的右手。

「滾，或死。」準人瑞的耐性快耗盡了。

這兩人跑得跟飛一樣。

呆滯的黑貓這時候才找到自己的舌頭，「……他們倆是男女主角。」

準人瑞悶悶的看他一眼。啥鬼？

「改版裡的男女主角。他們……本來會征服世界一統江湖。可妳把他們的右手都給廢了！」

那又怎麼樣？黑貓真是越來越不著調了。

「也、也順便把他們的異能廢了……」黑貓抱住腦袋，「未來他們一個火系，一個水系！還有空間呢！靠的是他們倆戴著的情人戒……剛那兩槍，妳廢了他們右手，順便把戒指也廢了……」

……剛登錄，改版的劇情線就被破壞到這地步，徹底不可控。

原來槍法太殺也不是什麼好事。

上線這麼殺，後面的劇情就被蝴蝶的一場糊塗，恐怕就失去先知的優勢了。

但是準人瑞真的太疼了，實在想不到那麼遠。

這時候才發現，那顆量身訂作的止痛藥不簡單。雖然止痛方面很普，可是激發了健康屬性和短暫的神力功能，要不真沒辦法脫身。

但是掙扎出廢鐵堆，還是束手無策。兩條腿多處骨折，內臟完全亂七八糟順便大出血，醫療完全沒可能，叫天天不應，叫地地不靈。

……這不是等死狀態嗎？健康屬性就算激發到頂也沒那麼神奇！

「好像有點奇怪。」黑貓瞇細眼睛，嘀咕著，「這應該是科技發展路線的世界吧？」

準人瑞正往嘴裡塞培元丹……幸好戒指裡還塞了一小瓶。凝神內觀了片刻，她既驚且喜還摸不著頭緒。

五臟六腑的狀態已經不忍說了，原主的魂魄也消散了個乾淨。但是這具垂死的身體卻有稀薄的靈氣。

雖然這股靈氣非常陌生。

她所知道的靈氣，就像是乳白的春之霧。溼潤、溫和、生機勃勃。但這股靈氣卻非常晦暗，充滿不祥。

雖然路數完全不同，卻足以使用神棍技能。

這下子，吐出來的血算是可以廢物利用了。她滿頭大汗的將斷骨正好，並且神棍加醫術的設法療傷。

許多醫療所需的東西都是黑貓去找來的，甚至幫她找來了一輛質量還不錯的輪椅。

「……玄尊者，你不能插手吧？被抓到會被釘得滿頭包。」準人瑞虛弱的說。

「釘吧釘吧盡量釘吧。」黑貓自暴自棄，「什麼鳥任務!!送人來死的啊!!」

飽受折磨的準人瑞短短的笑了一下，疲憊的抱住手提箱，坐在輪椅上，讓黑貓像是拉雪橇似的拉她到安全點的地方。

那是個被洗劫過的冷藏庫。沒電了，發出一股難聞的味道。

但是總體還是很堅固的，門也沒被破壞。關上後卡住能抵擋一小段時間。

準人瑞現在急著想讀檔案。太緊急的情況下，加強檢索靠不住的。

這世界的末世是從一顆小彗星撞地球開始的。撞完之後全球普遍下了一場大雨……半個小時就停了。

可這場全球雨卻造成了病毒變異，瘋狂的席捲了全人類，幾乎有半數變成殭尸，極少數熬過去成為異能者，並且終生免疫。

原主名為劉新夏，是國家級別的研究人員。她的老師是病毒方面的專家，自天災起就跟老師和學長學姊一起孜孜不倦的研究疫苗。

但是這世界就算快要毀滅，有奉獻犧牲只求拯救的好人，還是會有想趁機爭權奪利的瘋子。

萬一瘋子還很蠢，那真的全完了。

很蠢的瘋子入侵實驗室想綁架她的老師，更蠢的是還誤殺了——那群瘋子不小心引爆了拿來嚇人的手榴彈。

所有的實驗數據和樣本都付之一炬，倖存的只有劉新夏平板電腦的資料，和一小瓶樣本……那天機器壞了，她剛好去樓下實驗室借用。

雖然瘋子們最後都被格斃，但那有什麼用呢？最後決定將資料和樣本轉移到另一個實驗室。

這就是為什麼劉新夏會將手提箱銬在自己左手。因為她再也承受不起任何差錯……那是她老師和學長姊的一切。

政府特別撥派了一輛直升機。看起來萬無一失，誰能想到駕駛員在機上發病，變成了殭尸，墜機前還咬了她一口。

不知道是幸還是不幸，劉新夏成了殭尸。但是她原本有潛能可以得到異能，只是還沒有覺醒。未覺醒的異能不能免除她成為殭尸的命運，卻保留了她的神智。

她拖著手提箱爬了三公里半，將手提箱送到目的地。然後滿足的扣下扳機，將自己的腦袋打爛，光輝燦爛的犧牲了。

原版的世界因此得救，扛過壞空。

但是，是的，但是。

但是有個對殭尸題材情有獨鍾的電影編劇接收到這個「靈感」，覺得太老套，太沒有賣座元素了。

而且他對末世還講究仁義道德非常不屑，覺得在這種瘋狂壓力下自私才是王道，對吧？

於是他打造了兩個相當不凡的男女主角，愛得天崩地裂日月無光，在末世裡順我者昌、逆我者亡。除了自己的情人戒金手指，全天下的金手指都是他們的，那不叫搶，那叫做資源集中，愚蠢的凡人都不了解。

而他們發家的第一步，是因為他們獨家掌握了有效疫苗。

是的，他們發現了失事現場裡的劉新夏。但因為她「一定」會變成殭尸，所以很「仁慈」的將她爆頭，順便接收了那個手提箱，才發現是疫苗樣本和資料。

於是男女主角用某些手段「收服」了一個實驗室，還真剛好是劉新夏原本要轉移的那一個。大義凜然（頂著槍）之下，收服了一千實驗員，並且掌握了疫苗。

然後就開始開疆闢土一統天下。

劇本到此結束。

劇本不知道的是，因為改版男女主角發放疫苗非常吝嗇，得到疫苗的人很少。數量龐大的殭尸，開始瘋狂進化了。

最後傳染性更強，甚至不限於咬噬傳染。最後人類滅亡，天道傾覆。

他們更沒想到的是，被爆頭的劉新夏沒有真的死掉……依舊用殭尸形態存在。但她保持著神智，眼睜睜看著人類滅亡，完全發瘋了。

她瘋到幾乎成魔，差點將世界與世界的間壁打了個窟窿。

其實大道之初已經緊急處理了，只是她的世界排序在很後面。但世界間壁的裂痕導致不得不優先處理。

因為她願意奉獻燃燒所有剩餘的靈魂。

「……這個電影編劇是誰？」準人瑞聲音冰冷下來。

「喔，他自然死亡後被抓來打工了。」黑貓淡淡的說，「新手任務都沒過……我作主讓他去投胎當頭豬了。」

準人瑞感覺好多了。

不到一個禮拜，準人瑞就能站起來了。

這時候她才知道，止痛藥不是重點，真正的重點是量身訂作。

雖然很抱怨止痛藥不夠力，但是照她這傷勢恐怕是痛到休克的命，而不是抱怨不舒服。更誇張的是，理應成為殭尸的原身，居然將病毒壓制休眠，保持人類的身分。

神棍加醫學相輔相成，斷骨接續。內臟受損的問題其實是死定了，因為她沒辦法給自己開刀……神棍技能也不是那麼好使。誰讓她有個健康屬性再催化呢？雖然癒合得有些亂七八糟，簡直跟鋼鍊那個最強家庭主婦的病情有拚，到底還是活下來了。

但是登錄第七天，黑貓被「回收」。大概是直接插手任務「逆康」了，被逮回去懲罰。準人瑞只能替他祈求冥福……不是，為之祈福。希望炁道尊記得自己是債主，為了收債不要將黑貓玩殘了，以致於產生呆帳那就不好了。

為了食物和任務，準人瑞不得不考慮離開冷藏庫。

但是她即將打開門的那一刻，轉念如遭雷擊。

其實她能明白，真的能明白不知道是哪幾層上司的想法。直到死，劉新夏都非常遺憾和唾棄成為殭尸的命運，不管原版還是改版。而大道之初的上司們對這樣能夠撼動天聽的靈魂都是非常有愛的。

即使她已經不存在，卻還是將她暫時性的治好，維持人類的身分。

但是。最可恨的但是。

原版中劉新夏能爬三公里半送回手提箱，是因為她已經是殭屍了。

現在頂著劉新夏殼的準人瑞，卻是個手無縛雞之力、很引殭屍垂涎的人類。而且，墜機在市中心，人口密度最高，所以也是殭屍密度最高的地點。

能保住命已經是神蹟格外開恩。所以不要想什麼無雙譜……她連走路都蹣跚好嗎？當林妹妹的時候還沒有行動吐兩口血，現在卻……

所有技能又被封印。準人瑞真是心灰意冷，開始考慮是不是出去被咬兩口變成殭尸算了……

但是她想到「量身訂作」的止痛藥，突然有點沒信心。誰知道是量身訂作到什麼程度，萬一被啃殘了也沒能成為殭尸呢？那不是白受罪！

一時氣急，準人瑞又吐了兩口血，而且下意識的將血接入寶特瓶裡。

會有這種下意識是因為，唯一能夠拿來畫符的「墨水」只有自己的血。黑貓為了幫她找隻能用的筆可費了老鼻子勁了。

還有半袋黃紙。這就是她為什麼能行使神棍技能。身體裡光有古怪的靈氣是不夠的。

五臟六腑都亂套了，還希望經脈完整？別幻想了。更別談修煉問題……那叫做白日夢。

讓她很納悶的是，應該是科技發展的世界，居然在遭逢末日後，充滿狂暴的靈氣。但對她實在是一點用處都沒有。

……嗯？似乎也不是那麼沒用。神棍技能的陣法需要濃郁的外部靈氣啊。

準人瑞豁然開朗。

雖然缺的東西還是很多，雖然尋找材料跟找死沒兩樣。雖然，這三點五公里簡直比三千五百公里還遙遠。

君不聞，死馬當作活馬醫。

還能試著醫一下可是福氣呢。

但是想像很豐滿，現實很骨感。

雖然神棍技能在材料異常樸素下還是很威猛，但是準人瑞一身的血腥味太刺激殭尸的食欲。哪怕她是條食人魚，卻是條游兩下吐兩口血的食人魚，洶湧的大白鯊群前仆後繼還是相當可怕的。

她兩符可以炸掉一個腦袋，可是腦袋遠遠多過她的符。

雖說殭尸行動慢，可是斷骨剛接好沒多久，準人瑞也快不到哪去，而且還餓得頭昏眼花。要不是她從運動用品店搶了個滑板，太豐富的戰鬥經驗加持，早被殭尸群撕了。

最後她被堵在一家珠寶店。這家珠寶店前面是店鋪、後面是住家，說起來後面住家的部分應該很堅固才對……但是被鮮血激起熱情的殭尸差點把門拆了，生生打破了個大洞……沒有一湧而入是因為殭尸太多，卡住了。

後門是鐵門，被另一群殭尸敲得震天響，後門旁邊的鐵窗，塞滿許多破爛的胳臂，徒勞卻堅持的想撈到她。

完了。

真不甘心，就這麼失敗了嗎？她痛恨失敗的感覺。

就在前門突破的當口，一縷縹緲又響亮的聲音劃破天際。那不是用耳朵能聽到的。準人瑞能知道就是因為她曾擁有無弦琵琶，懂得何謂撥動心弦。

然後，她看到了這麼多輩子都沒看過的奇景。嗯，連做夢都沒這麼……超現實。

所有的殭屍都面朝同一個方向，整齊劃一的開始，Popping（機械舞）。

再也沒有人（殭屍）理她，不管是腐爛還是斷胳臂折腿，跳得那一個叫做嚴肅忘我。

至於只有上半身的殭屍，他們非常嗨的Breaking（地板舞）。

她居然能夠蹣跚的走出去，推開很嗨的殭屍他們也沒反應。最後她冒險到隔壁的小吃店，將裡頭已經變成殭屍的兩夫妻硬拖出去。

會選擇這家不僅是可能還有食物，更重要的是，那家的鐵捲門是手動的，可以拉下來還抗打擊。

這是何等玄幻的場景。

滿大街的殭屍整齊劃一的Popping。

跳了足足一個小時，所有的殭屍才清醒過來，又撲上來拍門呻吟了。

雖然不應該，準人瑞卻因為他們終於正常了鬆了一口氣。

一直堅毅的跟花崗石一樣的準人瑞都以為自己出現了幻覺。

整條大街的殭屍整齊劃一的跳舞……這你能信？

她深深覺得，這是她在世的時候，對殭尸電影吐槽太多的報應。嗯……不管電影內容是恐怖是熱血還是催人熱淚，只要一演到人類轉化成殭尸的畫面，準人瑞都會噗嗤一聲笑出來。

只差配個樂就可以Popping了，在地上爬的都是標準Breaking。總是令人瞬間出戲，太好笑了。

結果真的遇到了，她就笑不出來了。

為了轉移注意力，準人瑞布下一個隱蔽陣。這陣很簡單，只是遮蔽生氣、味道。事實上這陣在琴娘世界是百姓用的普通小陣，用得最多的是獵戶埋伏用，效果聊勝於無，有機會騙過嗅覺驚人的魔獸。

不過此界殭尸和琴娘世界的魔獸相比，那是螻蟻比大象，純屬侮辱人。所以隱蔽陣效果非常好……

那之前為什麼不用？

呃，因為這個民間陣法的陣眼需要一口布滿鍋底灰的鐵鍋。在普遍使用不沾鍋的此界，這陣眼純屬為難人。要不是這家小吃店應該開了幾代，有口傳家炒菜鍋滿足了鍋底灰的條件，準人瑞也只能抱著腦袋燒。

刮下一點鍋底灰，混著自己吐的血，拿出毛筆和所剩無幾的黃紙，畫完符安陣眼，祈禳祝禱，啟動了隱蔽陣。敲門的殭尸越來越遲疑，最後終於安靜下來，卻還是在門口徘徊。

那當然。除了陣眼勉強滿足標準，當陣體的符未免也太克難！但是保一、兩天的平安應該是可以的。

這家小吃店沒有被洗劫，可能是因為老闆老闆娘很凶殘，也可能是周圍的殭尸多到更凶殘。可熟食自然全腐爛了，電冰箱簡直是毒氣室。

米麵都長了蟲子。幾乎沒什麼可吃的了。

感謝上蒼的是，她找到了肯定過期的奶粉，還有一大包還沒拆過的米麩。堆在一大堆辣椒醬下面，可能買到都忘了有它。

更好的是，這家傳統小吃店還在用瓦斯桶而不是天然氣，自己還有個小水塔。在末世發生一年多了的此時，這水可能不太適合使用，但神棍技能不是白給的。

投了淨水符，洗了陣眼鍋，燒了一鍋開水，奶粉加米麩濃濃的沖一大碗，邊吃準人瑞差點邊掉眼淚。

她做任務以來，可能九死一生，但是吃穿用度沒被虧待過。這是頭回淨餓了兩天，同時身受重傷。

飢餓、虛弱、疼痛、朝不保夕。果然之前十個任務都還是新手保護期……最少吃得飽、穿得暖，有病也給治。

這兩天餓到只能靠吃藥……培元丹。可惜只有一小瓶，也快嗑完了。沒辦法，紅寶石戒指的容量就是這麼迷你，只有兩個拳頭大，能塞的東西很有限。

若不是找到食物了，恐怕啃完培元丹，她就得啃公子白的蛇蛻了……

吃飽了終於有閒心想其他。

不知道玄尊者怎麼樣了？希望別受到太重的懲罰啊。想著想著，傷重疲憊的準人瑞開始點頭，眼睛漸漸睜不開，蜷在沙發上睡著了。

又是那一道劃破天際，縹緲又響亮的聲音。

猛然驚醒的準人瑞轉頭看鐘，十二點，凌晨十二點。

從鐵捲門旁邊的氣窗看出去非常刺激。晚上的殭尸比白天還活躍。這天還是滿月，滿大街的殭尸寂然無聲，卻跳得更嗨。

這很明顯是舞曲節奏。原來不是幻覺。

但是這聽不到的聲音……好像有點熟悉，又很陌生。她試圖張開領域，就聽不見了。

不是，不是人為的。呃，應該說，不是生物或死靈發出來的。星際運行、潮汐起落，自然的，諸多巧合產生的聲音。

她試圖深入虛空探詢來源……然後猛然撞上邊角，七竅流血的暈過去了。

醒來的時候，頭痛欲裂。這感覺太熟悉了，畢竟不是她第一回撞上天道的邊角。

只是，誰來告訴我，這個天道的歌聲為什麼是電子舞曲？

遇到一個非常另類的天道該怎麼辦？急，在線等。

頭痛完，她將血污的臉洗乾淨，又煮了一頓奶麩糊。正吃著，才發現她居然輕鬆多了。內臟疼痛減輕，斷骨完全癒合，能夠正常行走，甚至能小跑了。

怎麼回事？天道傷害補償嗎？

這時候，她就很想念玄尊者了。他不在實在太不方便，想問都沒地方問。

照玄尊者的解釋，世界由規則構成與規範，而天道就是規則的化身與意志。

當然不是這麼簡單，只是準人瑞不管怎麼說，還是剛脫離新手期的菜鳥，沒能了解得更深入。

但是現在準人瑞根本沒空去琢磨，天道愛唱啥唱啥，那通通可以排到最後。

因為，她很悲劇的發現，劉新夏只剩下一、兩年可以活。

當然，想想也應該如此。能夠這麼不科學的在如此短暫的時間，從必死的傷勢恢復到能行動自如，勢必要付出沉重的代價。

這代價應該是壓榨透支了未來的壽命。

那將傷完全養好就沒有必要了。只要確保糧食和夠用的符陣材料，並且趕緊上路就對了。

本來她是想炒些辟穀丹，吃一顆頂一個月……但是在餓死是常態、資源極度匱乏的末世，除了白米（還被蟲蛀翻了），其他全部湊不上，還想辟穀丹咧，天方夜譚喔。

需要真是發明之母。被逼到絕境，準人瑞將琴娘世界常見的麵茶配方，修改得面目全非，功效還沒弱多少。

這是一種半食半丹的茶飲，管飽，一丸管一天不餓。可以沖開水成糊狀吃，味道接近芝麻糊，非常的香。緊急的時候可以直接吞服，除了胃會有些漲痛不舒服，效果還是差不多，沒問題。

她足足準備了三個月的份，將小吃店能食用的食材用了大半。反正培元丹空了，能往裡面硬塞三十丸，可以保一個月的份沒意外。

其他的只能塞背包了。沒辦法，紅寶石戒指就是這麼雞肋，塞了槍、子彈、蛇蛻和一個藥瓶子，幾乎就要爆了。想想別人末世小說必備的超級空間，簡直讓人羨慕死。人家的空間之大，可以塞入將近一個小鎮。揮揮手就能將整個超市洗劫，順便外帶三、五輛大卡車或貨櫃車。

現在準人瑞揮揮手連條口香糖都塞不進去。背包空間已滿。

雖然不明白末世主角硬要屯三十輩子吃不完的食物是鬧哪般……還有數不盡的理由解釋他為什麼不放糧接濟任何人。

準人瑞不懂。她要離開小吃店之前，還特別整理了剩下的食材。例如帶不走的白米特別驅了蟲，用張符延長保存期限，水塔的水也依樣辦理。

說她矯情也可以。誰知道有沒有人逃到這裡，就缺這幾口糧水能活命呢？她已經拿夠了自己生存所需的部分，為什麼不給後來的人多點生存希望呢？

總之她不懂那些超級空間，有屯物癖的末世主角。

然後她打劫了隔壁的珠寶店。這些，在末世被視為糞土的金銀珠寶，可以說是她最容易得到的符陣材料……她也沒想到會有珍珠隨便碾成粉、寶石隨便碾成粉、金子銀子隨便熔鑄成免洗符器……什麼珍寶都能隨意糟蹋的好日子。

可惜玉的成色不太好。若是能來幾個靈石等級的就無敵了……可惜沒有這樣的好事。

她在珠寶店加工的時候，感覺很微妙。為了節省材料，她只將被打破的門放了張磐石符阻止殭尸入侵，所以殭尸們還是敲門敲得乒乒乓乓，爛得一塌糊塗的大批手臂還是從鐵窗穿進來張牙舞爪。

只是，時間一到，鐵窗上的手臂們（？）立刻安靜下來，整齊劃一的抽抽。即使是卡在鐵窗上也沒泯滅殭尸們的Popping魂。

每次看到鐵窗上的手臂抽抽的一戳一戳，已經麻木的準人瑞只會想到，「啊，十二點了啊。」

她花了一週準備。定在中午十二點出發，目標是兩百公尺外的香燭店。

出發時，形象很「時髦」。女主人的衣服她穿實在太大，空空盪盪的跟麻布袋一樣。她必須拿公子白的蛇蛻當腰帶，牛仔褲才不會掉到膝蓋。

背包背在胸前，因為她百般思考，還是必須背走直徑有她前臂長的陣眼鍋——再也找不到更實用、更省事的陣眼了。

一手提著滑板（必要時能夠快速移動），另一手提著鋼管（硬從管線拆下來的）。

……非常有犀利哥的風格。請叫我犀利祖媽。準人瑞心裡淡淡的吐槽。

她發現，只要還能吐槽，心理層面的健康就不用太煩惱。

所以十二點一到，天道準時開演唱會，她沉穩的起跑，甚至還能配合殭尸們Popping一下。

雖然內芯是個祖媽，但也是讓王毅調教過的祖媽好不好？區區Popping，不過是塊小蛋糕。

平安達陣，總算能夠補充黃紙和香。雖然此界的黃紙在她看來沒一張品質過關……但還是比影印紙強。必要的時候她甚至可以剝殭尸皮來當符紙……可這不是還沒逼到這份上嗎？

雖然說，一口氣跑完這一個小時應該沒問題，問題是，她不知道一個小時後有沒有陣地可用。

在符陣材料不全並且品質低劣的此時，最靠譜的是不能移動的陣法。若是跑完安全的一個小時後，發現舉目只有空曠的廣場……那就可以GG斯密達了。

怎能浪費劉新夏燃燒靈魂後創造的機會。

體內的晦暗靈氣應該就是她最後的迴響。

不過是跑過死亡地帶三點五公里。她絕對沒有問題。

還是同樣一句老話。想像很豐滿，現實很骨感。

準人瑞這種轉移陣地戰平安的執行了兩天，摸清楚殭尸對Popping的熱愛後，殭尸沒給她帶來任何麻煩。

真正給她會心一擊的，是比殭尸還不如的活人。

她後背被放了一記冷箭……真正的箭，一把十字弓。因此往前踉蹌了好幾步。

這時候，她發現將鐵鍋背在後背雖然很難看，但是防禦係數破表。

放完箭有三個人歡呼，「有肉吃了！」

準人瑞陰沉的轉過頭，拋出三張雷符，讓那三個想吃肉的活人嘗嘗電擊棒等級的刺激和酸爽。

「不……」、「饒命……」、「我們以為妳是……殭尸……」

呵呵。原來你們靠吃殭尸肉維生。

準人瑞將這仨貨直接踢到街道上，趴在Popping正歡的殭尸旁邊。看是麻痺效果先解除，還是殭尸忘我的狀態先解除。

結果一秒就獲得答案。鄰近的殭尸立刻清醒過來，將這三個分吃了。

……明明還有二十分鐘。明明她貼著殭尸也沒事。為什麼啊這……

更奇怪的是，她居然沒有觸犯天條……這仨不算她殺的。

準人瑞不小心踩到一個正在Breaking的半截殭尸，以為要進入戰鬥狀態了……結果半截殭尸換了個方向，繼續Breaking。

越往目標基地前進，殭尸越少（相對而言），但是困難卻越多。

許多不願意受基地管轄的罪犯成群結隊，打劫掙命想前往基地的人們。搶劫食物物資，綁架人口。不分男女都能滿足獸欲，然後拿來吃。

人類真是一種差異大到令人髮指的生物。有劉新夏和她師友那般豁出命來只求種族延續的，也有為了自我生存而破壞法則一的混帳。

即使發生大饑荒，動物都很少啖食自己同類的屍體。人類卻非常容易突破界限。說起來，動物都比人類更本能的維護生物法則。

除了狂暴的滿足性欲和食欲，這群玩意兒什麼都不在乎。強暴完女人或男人後，割頸飲血，分裂烤食，吃得油呼呼的，這樣就別無所求。

最可笑的就是，他們並不是沒有選擇。他們只是不想在基地用勞力換取微薄的糧食，忍受半飢半飽的日子。他們相信，掠奪和武力就是一切，反正什麼都是這世道的錯。

可以的話，準人瑞真想將之全滅。

可惜他們能在基地附近喪心病狂為所欲為，自然是有一套生存之道。遇強則避之……不管是正規軍還是殭尸。規模太小的車隊或個人，先誘騙，誘騙不成就來硬的。

準人瑞都差點著了道，被個看似友善的少女給拐了。若不是她身上的油脂味太奇怪，提起了一絲警惕，搞不好那板磚就讓準人瑞趴下了。

少女還有臉哭，說她是不得已的。若不帶肉回去，她就會成為架上的肉。

「說起來不能怪妳，對吧？」準人瑞嘲諷的笑笑，「好，我原諒妳。」然後她給少女一個手刀，讓她跟同伴暈在一起。

千鈞一髮之際，爬上招牌架。清醒過來的殭尸誅殺所有活著的生物，少女和她的小夥伴們被比他們凶殘的殭尸裂食了。

準人瑞長長的嘆了口氣。為自己沒有寬恕的精神……懺悔了一秒鐘。

不過少了這群誘捕者，路人大概可以多活幾個……她又覺得有點開心。

但是食人魔的團隊卻不是每次都能這麼輕易打發的。面對三、五個，準人瑞是食人魚，面對三、五十個，準人瑞是只能跑路的食人魚。

不得不斷的繞路，以至於三點五公里被走成三十五公里。幸好她半路撿了個太陽能手電筒，同時整合了指南針和收音機。這對她幫助太大了，繞路繞成這樣沒有迷失方向，都是這多功能手電筒的功勞。

最少收音機的訊息讓她避開了食人魔最常出沒的地點，還提供了很多資訊。

但也讓她更摸不著頭緒。

基地廣播頻道再三警告，殭尸狂舞時要保持適當的安全距離，五公尺內殭尸依舊會有捕食反應。趁殭尸狂舞時趕路和清理殭尸者千萬不能忽略這樣的訊息。

……嗯？真的假的？為啥她能例外？

她確定跟領域無關……因為殭尸的靈魂是粉碎的，碎到連草履蟲都不如的地步，領域一點用處都沒有。晦暗靈氣？別傻了，只能當電池用……你見過電池能辟邪嗎？而且還是限時辟邪，只有天道開演唱會的那兩個時候能辟。

想破腦袋也沒想出個所以然，準人瑞只能很阿Q的想，大概是天道給她開外掛……可要開為什麼不開大一點，開這麼雞肋管毛用。

雖然唾棄很雞肋，可不能否認，最危險的一次，她被三十幾個人圍獵，遍體鱗傷之際，她衝入一個健身房，滿滿的都是Popping得很嗨的兄貴殭尸。

兄貴殭尸不會開健身房有點複雜的門，非常飢餓。準人瑞因為神祕的法則沒事，那三十個興奮得眼睛都紅了的食人魔就很有事了……

所以其實也不是那麼雞肋。

歷經千辛萬苦順便把路程走成十倍，準人瑞終於踏上通往基地的大道。車隊呼嘯而過，並且為了保持暢通，通常會警戒的清理攔在路上的殭尸和拋錨車輛。

許多沒有車輛的人們，掙扎著徒步前行。

看起來比較安全對吧？錯了，準人瑞此時是單身女子。

就算是帶著小孩的兩夫妻都會試圖對她打劫。這些瘋魔的傢伙除了不吃人肉，其實跟食人魔也沒有差很遠。

她不得不浪費火符震懾……因為火符的材料最簡單。前後起碼燒掉了五十幾個人的頭髮才得來一點點尊重。

而且這些人非常厚臉皮。發現準人瑞身邊能隔絕殭尸，哪怕是被她燒光頭髮的強盜，都會陪著笑臉擠在旁邊，遇事還敢對她喊救命，磨著她乞討。

人類這種生物實在是……偶爾她也會想，到底還有沒有拯救的價值。

比她更蠢的還有一個皮包骨少年兒。他以為自己是救苦救難大慈大悲觀世音菩薩，沒有一個團隊收容他，他卻仗劍到處救場，並且將好不容易蒐羅到的食物和水分給別人。

然後有車隊停下來想補充人員（炮灰）時，又餓又累又脫力的少年兒被擠出人群，差點被踩死。

準人瑞也覺得自己是蠢穿了，被踩好幾腳，冒死將他拖出重圍。

半昏迷的皮包骨少年兒勉強抬起眼皮，勉強行了個稽首禮，說，「前輩，感恩。」就完全昏過去了。

準人瑞頭有點暈。

皮包骨少年兒的氣息非常違和。違和到不該在這個世界出現。

呃，出現在比琴娘世界低幾檔的仙俠世界應該差不多。

是的，皮包骨少年兄是個野生的穿越者。呵呵，這還是頭回見到能和平相處、活的穿越者呢……

呵你妹啊！

準人瑞粗魯的將他拖到路邊的拋錨汽車上，安下隱蔽陣。

龐大車隊過去，重新湧上來撿漏的十來隻殭尸又到了Popping時間。讓心煩意亂的準人瑞遷怒了，她對著窗外大吼，「安靜點好嗎？晃得人煩死了！」

當然沒有人……沒有殭尸理她。此時Popping就是他們的一切。

皮包骨少年兄姓馮名道。

他和有名貳臣的長樂老不同，是個貨真價實的好人（準人瑞都覺得是聖人了）。

來自一個異常戰亂的仙俠世界。他並不是名門正派的子弟，而是民間家傳的小道。有多小呢？差不多是龍虎山天師對比下的棺材鋪師傅。會點超度亡魂、封印或抹殺厲鬼的手藝。

本事呢，算是非常低微，但是馮家在民間名氣卻很大。因為馮家子弟會周行天下，在戰亂後的戰場超度亡魂收斂屍體，沒有他們收尾，平民快要全活不下去了。

當然，馮家子弟良莠不齊，裝神弄鬼藉機騙色斂財的一定有，但絕對不包含馮道。他甚至不是馮家血脈，而是馮家某個長輩從死人堆裡扒出來的孤兒，後來成了他的養父兼師父。

他師父的一點慈心，在他的心裡造成了無限漣漪，生生擴大了好幾倍。

自師父過世後，十四歲開始獨立的他，一直在安撫流亡。最後在二十四歲時護著流民，自我犧牲的被捲入兩個門派的法術大爆炸當中。

他以為自己死定了，沒想到居然出現在滿地殭尸的異界。而且，還適應得特別快。

「……都聖母到穿越了，還聖母個屁啊!!」準人瑞暴躁。

瘦得跟髑髏一樣的馮道笑了，「其實他們只是害怕。據說一年多以前，這世界非常豐饒、富足、和平。一下子大變樣……他們受不了。再過幾年，就會回過神來，恢復人性。」

「其實現在還不算絕境呢。」他的眼神虛無而溫和，「這世道之前太溫和，養得太嬌慣的人們還沒見過真正的人間煉獄。」

……太大愛了。這境界她就算投胎轉世一百次都看不到車尾燈。

「前輩，不也是嗎？」

「才不是啊混帳！」準人瑞爆了，「是他們硬黏上來啊！」

「可是，在我的世界，像前輩這樣的大能，早把硬黏上來的人轟成渣了。前輩還忍著他們，雖然不高興還是會分食物給他們……前輩很溫柔呢。」

「閉嘴。」準人瑞沒好氣的喝斥他。

「前輩還救了我不是嗎？」

「叫你閉嘴沒聽到?!」

頭回感覺到跟三觀太正的相處是這麼蛋疼。

跟他聊天更是充滿做惡夢的材料。覺得遍地殭尸是最糟糕的嗎？不，馮道可以告訴妳真正的煉獄是怎麼鍊成的。

大概把黃巢加蒙古入侵加李自成的戰亂乘以三，背景輔以大旱五年加水災五年，真正的十室九空。同時修仙門派還在激戰製造天災。

凡人的活路只剩下當有實力或權力者的奴隸。即使如此也未必能免除餓死或被當軍糧殺死的命運。

……說起來還真不算絕境呢。最少不用當奴隸不是嗎？面對殭屍和面對舉起屠刀喪失人性的軍漢，又有什麼差別呢？殭屍跑得還沒有那麼快呢。

「謝謝。」準人瑞喃喃著，「現在我覺得充滿信心。」

最後準人瑞還是將這個非常聖母的穿越者給拐跑了。別忘了她是畫虎蘭的大宗師，想忽悠量個把聖母……聖父是小菜一碟。

好鋼就該用在刀口上是吧？救一、兩個作死的路人作用微乎其微，是吧？人生要有所取捨啊，忍痛捨那幾個作姦犯科的廢物，保護人類火種的基地，這才是真正的大愛。

準人瑞承認，將馮道忽悠瘸了是有她的私心。劉新夏活不了多久，基地的安全她實在覺得夠嗆。原版也是險險的靠運氣才避免被完全攻破……

是的，這個三年後會研發出安全可靠正版疫苗的基地，曾經被殭屍攻城，外圍淪陷過四次。完全是靠人海戰術對殭屍海戰術硬車過去，數量極少的異能者只能作作秀當明星，對戰局沒辦法起什麼作用。

只要稍微不運氣，就要全盤皆墨。

準人瑞有把握用非科技的方法協助防守，可是劉新夏活不了那麼久。所以她一定要忽悠馮道來接棒。

可在那之前，非把他這過度聖母的個性掰過來。

只能說，聖父馮道即使經歷異常豐富，可最親、交流最多的只有養父兼師父，實在是單純得宛如一張白紙。

在準人瑞十八般武藝的煽動蠱惑下，慘敗得不忍卒睹。

短短三十幾公里的路程，還沒進基地他已經被準人瑞洗腦成功。

進基地之前，準人瑞本來為他的智商和情商異常憂慮，結果進了基地，他對「前輩」的教誨深信不疑、堅若磐石，對別人的各種拉攏威脅利誘毫不動搖。

深感安慰之餘，其實準人瑞難得的感到一絲絲的心虛。

千辛萬苦抵達基地後，核心實驗室的主持人親自出迎。體檢後確定身分、疫苗樣本和資料，「劉新夏」和她的助理馮道受到上上等的禮遇。

表面上。

雖然劉新夏在基地實驗室也掛了個顧問的頭銜，卻是顧而不問。準人瑞理解。

雖然基地實驗室的人也是犧牲奉獻為全人類，但是有的人能視利益如糞土，卻無法抗拒「名」。同樣研究疫苗的實驗室何止千萬，思路殊途同歸。只是劉新夏他們實驗室走對了，其他人沒找到關鍵還在迷路而已。

所以基地實驗室既喜悅又不甘，隱隱的將她排斥了。

準人瑞並不在乎，相信劉新夏也不在乎。

她只是不想太閒，申請將顧問當作兼職，想找份正職。只要不搗蛋，實驗室真的什麼都願意滿足，最後將她和助理都塞進了庶務部。

因為是什麼都管、哪裡缺人哪兒支援的庶務部，所以準人瑞有機會遠遠的見過幾次基地總長，一個不到四十就成為軍事政府最高首長的男人。

頭回見到，劉新夏強烈的迴響差點讓準人瑞失態了。

說起來很妙，這位司令官姓趙名明夷。在改版裡，他是第一大反派Boss，是擋在改版男女主角之前最大的絆腳石。

事實上他也的確不是什麼好人。從他爸開始就有造反的心，到他更發揚光大。要不這個首都邊緣怎麼會冒出一個「軍事特區」？

雖然父子兩代都是以「防範核戰」的理由將軍事特區建築得跟鐵桶一樣，並且麻雀雖小、五臟俱全。事實上這一切，都是為了兩父子的狼子野心服務。

趙明夷他爸來不及看到那天，趙明夷是萬事具備只欠東風……結果沒等來東風卻等來了殭尸降臨的龍捲風。

他想推翻的民主政府，高層自己滅團了。在他掌控下的軍事特區，因為他的獨裁和鐵血，第一時間槍決了所有發病的殭尸（或疑似發病的患者），反而損失最小，並且最快恢復秩序，成為最大的基地，同時被視為政府的延續。

當代最凶殘的獨裁者，該基地擁有最肅殺的秩序，完全軍事管理。

劉新夏對他最寄以厚望。

改版時的她是一個很奇妙的存在。她被打爆了腦袋雖然傷重，依舊以殭尸形態存在，並且緩慢的自癒，只是使用的時間很長，並且無法移動。

但是保持神智的她更奇妙的能夠「神遊」。

可能是一種出竅，或者更乾脆的能夠以鬼魂形態漫遊。很遺憾的是，因為她靈魂已經燃燒殆盡，只剩下第三者觀點的檔案資料，所以到底是怎麼回事，實在不明白了。

總之，神遊的劉新夏堅信獨裁鐵血的趙司令官是人類火種的最後希望。

一開始他的確也幹得轟轟烈烈……只可惜有幾個被「有效疫苗」誘惑的部下背叛，實驗室淪陷，手握疫苗倡議民主的男女主角推翻了他這個獨裁者。

其實吧，所謂民主也就是個幌子，真正的情況是「人民放在鍋子裡煮」，比獨裁時代還慘，水深火熱起來了。

趙明夷被槍決時，劉新夏的鬼魂（？）痛苦不堪，是她第一次陷入絕望中。絕望悲傷到這個程度，卻一滴淚都流不出來……這時候她不得不正視自己不再是人類的事實。

這是她瘋狂的開端。

準人瑞一直在想，所謂的迴響到底是什麼。即使靈魂燃燒殆盡，依舊深深留在肉體裡。

她覺得，應該是某種強烈的執念。

像是頭回見到趙司令官，她幾乎失去身體的控制權，眼睛裡填滿了那個人，其他什麼都看不見。

幸好幾秒就奪回身體的控制權，硬生生低下頭。但敏銳的趙司令官已經看過來，即使低著頭也感到那種壓迫的如芒在背。

……可憐的女孩。劉新夏一直到瘋，到將自己靈魂燒光，可能都沒發現……歷經苦難灰暗的一生，趙明夷是她唯一一縷鮮豔的色彩。

痛苦、遺憾、失望、憤怒。無數負面情緒填滿她不再是人的人生。最後是內疚，對師友的內疚，對疫苗樣本資料被奪走的內疚，全人類滅亡的內疚。

龐大沉重的內疚將她寸寸壓垮，最後爆發成魔真不是希罕事。

這一切，顯得那一縷鮮豔很珍貴，異常珍貴。

可惜她已經不在。準人瑞默默的想。可惜，她再怎麼同情劉新夏，也不代辦告白業務。

反正她活不了多久了。最重要的還是將馮進帶起來。

原本以為跟最高司令官不會有什麼交集。畢竟她只是庶務部的一個小職員。

只是金子到哪裡都會發光，準人瑞到哪兒都能帶歪。

雜牌拼湊軍的庶務部在幾次殭尸攻城中表現得燦爛輝煌，準人瑞依軍功連升三級，成為庶務六課的最強課長。

趙司令官單獨接見她。

她一點都不緊張，但是劉新夏的掌心捏了滿把的汗。

馮道緊張的在門口守候，無視肅殺充滿敵意的守衛。

劉先生已經進去一個鐘頭了。他也一直緊繃的在備戰狀態。只要劉先生有點動靜，他就會直接殺進去，不畏生死。

這時候他才意識到，強大的劉先生其實是個纖弱的女子。

直到劉新夏推門而出，他才略略鬆弛，依舊還是警備著。

準人瑞看著繃著臉的馮道，有些想笑。不知道為什麼，馮道總給她一種杜賓犬的感覺。就差一對警戒直立的耳朵。

「劉先生，怎麼樣？」馮道謹慎的問。

準人瑞稍微考慮了一下，「司令官通情達理。他已經批准了軍貓的編制。」

馮道呆了一下，「……就說這個？」

「大部分談這個。」準人瑞坦然。

其實她明白趙司令官想談的不是這，只不過藉此試探罷了。這個多疑的獨裁者很有意思，一開始大概把她當成想抱大腿兼賣身的女人，後來又覺得她可能是痴迷少女。最後發現都不是，反而讓他摸不著頭緒。

等他看了企劃書可能會更摸不著頭緒。準人瑞暗笑。

因為庶務部的出色，倚賴的是一點都不科學的陣法和符籙。但沒人規定，科學和非科學不能相輔相成吧？尤其是萬事崩壞的末世，就算是魔鬼的爪子能用都得用上了。

總人口剛剛超過兩百萬的基地，能招募出來的只有三十六隻貓。可這三十六隻貓比三十六個人還頂大用。貓不會感染殭尸病毒，貓的爆發力和攻擊力遠超人類想像。

能役使貓，其實是符籙的應用。在琴娘世界，六畜役使符難登大雅之堂。這是一些走街串巷的手藝人常用的，通常是這些手藝人兼職調教貓狗等牲畜。畢竟被人養熟的貓狗等常常失去血性和本能，就需要這些手藝人幫著教導一下。

沒想到現在頂大用的是這種民間小符。

符。

當然，一開始她作弊了一下……稀薄的領域覆蓋了整個基地，將所有的貓都誘導出來。但貓總是比較神經質的動物，即使是領域籠罩還是躁動不安，沒辦法立刻使用貓令符。

也是剛好，十二點了。天道開演唱會，隔著領域也聽得見的準人瑞隨口和聲。所有的貓突然全部安靜下來，綠的藍的褐的貓眼一起注視著準人瑞。

……除了殭屍，貓也聽得懂天道的歌聲嗎？只是需要一點轉播嗎？

這時候使用貓令符就很簡單了。只要BGM正確就行了。

遵循天道節奏的貓像是被喚醒了埋藏在血脈裡的野性，露出尖牙利爪撲向殭屍。六貓一組能協同破壞一隻殭屍的頸椎，準確、效率非凡，勇猛不畏死。

貓科動物就是貓科動物啊。共同出獵有獅子圍捕的風采。

至於馮道是怎麼使用犬令符的，她就沒怎麼摸清楚。說不定是靠聖父光環？誰知道。總之，狗狗們的表現也非常優異，但是卻必須跟人類協同作戰，也很容易被接受，畢竟軍犬是既有編制。

但是凶殘的貓群就不是那麼容易。幸好司令官同意了。這些貓咪總算有了編制，能夠養活自己了……後來有些生活非常艱辛的飼主，還靠自家的貓養活著。

如果是和平時代，準人瑞覺得自己會被愛貓人士噴死……居然讓可愛的小貓咪賣命。

可末世，真是貓狗的悲歌。連吃人都不在意的時代，貓狗還用說嗎？

基地原本就有軍犬，以士兵的身分才活得下來。這三十幾隻貓靠的是飼主拚老命相護，從牙縫硬擠出糧食養活的，還活得朝不保夕。

現在好了。貓們有了軍貓身分，不用縮在角落發抖了。也能抑制越來越猖獗的老鼠……基地老鼠多到她都覺得會再次爆發什麼流行病了。

原本只是希望雙贏，但是她越來越感到困惑。

天道的歌聲是非常複雜的電子樂曲。她最多能和聲，想完全拷貝下來……不，部分拷貝都有難度。

但就是這麼嚴重失真的「轉播」，群貓居然都聽懂了。之後不再需要她的轉播，每天兩個十二點，群貓都會停下來，隨著天道的歌聲點頭晃尾巴。

後來情形越來越嚴重，群貓像是吃了木天蓼一樣癲狂，雖然不是那麼整齊，但大體上是一致的。

這造成了非常詭異的情況：牆外殭尸齊Popping，牆內群貓跳貓步。

雖然有點可愛，但更多的是驚悚吧。

可能是生存壓力太大的緣故，軍貓和軍犬相處得很和諧，必要的時候甚至會相互支援。

但也實在太和諧了，軍貓這種逢十二點跳舞的異徵也傳染給軍犬了。

這曾經造成短暫的恐慌。畢竟太容易跟殭尸狂舞的奇景掛鉤，懷疑是否貓狗也染上殭尸病毒。但是經過重重疊疊不厭其煩的體檢後，讓人完全摸不著頭緒……貓狗別說染上病毒，健康更上一層樓，強壯得不得了。

就像現在還是不明白殭尸為何整十二點Popping，貓狗齊步搖滾同樣也是世紀之謎。

「牠們，聽懂了天道的歌聲。」準人瑞不解的說，「但我不知道為什麼……跳舞。」

馮道更不解的看著她，「劉先生，這不是應該的嗎？隨天籟而舞謂之『祭』。」他看著瞪大眼睛的準人瑞，訝異了，「難道你們的世界不是這樣嗎？」

在馮道出身的仙俠世界，最高信仰是「天」。天老爺運行的聲音謂之天籟。

不管是名門正派天師之流慎重其事莊嚴雅樂以待，還是他師父拿根筷子敲破碗，都是音樂舞蹈以饗天，是為「舞拜天地」。

這不獨獨是人類的專利，萬物也能與天籟和鳴共舞，萬物之老者能成妖成精，也是對天籟理解得夠深，且舞且拜多年才能脫穎而出。

「……所以殭尸這是……打算修煉回人類嗎？」準人瑞覺得有點好笑。

「活尸絕對無法變回人類啊。」馮道嘆息，「他們已經死了，死亡那刻魂魄已經粉碎，被魔氣操控了。但因為他們曾經是人，最容易修煉的種族。即使被魔氣操控，被排斥在老天爺的規則之外，還是會本能的渴望回歸規則……所以他們會依天籟舞拜。」

……被死亡的軀殼所困，哪怕魂魄粉碎，也還是，在設法自我超度，以求輪迴嗎？

本來很科學的病毒與殭尸，被很不科學的解釋過，有種淡淡哀傷的詩意呢。

「老天不長眼。」準人瑞喟嘆。以萬物為芻狗。

「胡說。」馮道難得的反駁準人瑞，「天災是定數不可違。可真的讓情況如此慘烈的卻是人禍。凡人造的孽卻怪天老爺，這可不對。」

準人瑞居然無言以對。

全球雨之後，各地疫情有輕有重。會一發不可收拾，是疫區自覺健康的人恐懼的搭各種交通工具逃走，還有人隱瞞家人發病，然後潛伏期一過，死全家順便死別人全家。

不能說是誰的錯……只是怪老天爺也不對。天道也是受害者。

馮道有些尷尬的看著沉默的劉先生，其實他是有感而發……卻不是因為這個世界。他覺得這個世界實在無辜。真正人禍不斷的是他所出身的仙俠世界。

實在不願回想耗盡一切卻徒勞無功心灰意冷的過去，馮道硬轉了話題，「那麼，這世界的天籟是什麼樣子？」

準人瑞遲疑了。「呃……很難形容。我想辦法……讓你聽聽看。」

現在都進入軌道了，準人瑞也閒下來。

雖然超級不科學，但是準人瑞提出的符陣異常有效、容易執行。這玩意兒叫做「八卦辟邪陣」，是琴娘世界村鎮常用防禦陣。想抵禦大能打架的餘波那是無可能，但是對付獸潮或活尸那是輕而易舉。

本來就是山野村巫爛大街的野路子，能有多難？馮道很快的就能掌握布陣。材料也不複雜，需要許多貴金屬，例如金銀，和一些上佳的玉。在末世這些東西一文不值，盡量用吧。

基地原本是軍事特區，預計容納三十五萬人。現在卻收容了兩百萬人口，自然不能人人都住在銅牆鐵壁的特區內，另外用鐵絲網圈出一個外城。

不是不想築起城牆……而是交通斷絕、孤島狀態的基地，鋼筋水泥等等通通都匱乏。能把鐵網拉起來通電，已經是非常盡力了。

但是這樣簡陋的防禦工事，平日還勉強能行，萬一殭尸攻城真的就疲於奔命，外城的難民真的是純炮灰了。

可非常不科學的八卦辟邪陣一立起來，可以說讓鐵絲網圍牆短暫的有鋼筋水泥牆的功效，雖然不能解決一切問題，卻可以爭取更多時間。

雖然陣眼是口髒兮兮的鐵鍋，而且指定放在趙司令官辦公室。但是司令官都不說話，其他人只能閉嘴。

準人瑞只打算插手防禦，其他的，她不得不旁觀了。

實在劉新夏沒有那麼多時間。而且，她覺得該多信賴趙司令官一些。

這人實在是個足智多謀的梟雄。別的基地還在為了一點食物打破頭時，他已經發動整個基地開始耕種。

這時候誰有那美國時間種水稻了，蕃薯、馬鈴薯等等塊莖植物，大軍出動防護清理殭尸，搶時間讓基地居民上去耕種，然後就不管了……反正殭尸不會去啃秧子，能收多少算多少。

真正的大頭是水耕。用最少的土壤種植最多的糧食。

雖然最後配給的食物都是糊糊，味道不敢恭維，卻養活了兩百多萬的人口。

然後，他硬堆人命堆出道路暢通，就為了運輸鐵料、汽油等等原物料。

……的確。若一直保持孤島狀態，文明勢必不斷倒退。舉個例子來說吧，軍工廠再怎麼完善，沒鐵料就是一廠子廢物。就算有鐵料能生產出槍枝，可火藥呢？沒火藥哪來的子彈。

這些都不可能是當地資源。

所以物流一斷，所有基地都成了孤島。這些孤島不用十年，文明就會倒退到難以想像的地步。

但一般人不會想那麼遠，就算宣導他們也不相信，只是仇視讓他們住外城、辛苦勞役還吃「餿水」的獨裁者。

可惜獨裁的趙司令官很殘。不滿意的直接拖出基地，掰掰不送。還想造反請你吃槍子兒，這點消費趙司令官還耗得起。

不是劉新夏欣賞他，說真話，準人瑞也覺得這傢伙相當有氣魄。

馮道舉一反三，教起來毫不費勁兒。而且這位抓鬼專家還相當的回饋了超度亡魂、封滅厲鬼的知識……雖然在這個世界用不著，將來應該有用得到的地方。

準人瑞漸漸將防禦的事兒交到馮道手裡，他也幹得很出色，最後從她的助手累積軍功成了庶務六課副課長。

她更多的是投身在第一線。畢竟目前能指揮軍貓的人很少，她是最厲害的那一個。

除了跳舞這點有些無言，她麾下的軍貓個個是勇猛的戰士。

最勇猛的是隻玳瑁貓，可說是三十六隻貓裡的隊長和先鋒。總是第一個發起攻擊，並且帶動所有軍貓的節奏，眼神冷酷，猙獰癲狂，完全是個亡命殺手。

但是有回無意看到下班後的玳瑁，消毒出來撲在主人懷裡，撒嬌的喵嗚，委屈柔弱的不得了。

主人心疼死了，顫音喊著，「我的小心肝欸……受罪了呀～」

準人瑞顫著雞皮疙瘩扶牆而出。

作為一個有功的公務員，準人瑞的待遇是很不錯的。

她有間套房……雖然十坪不到，床鋪衣櫥書桌之後，連走動都困難，好歹還有個浴室。馮道可還住著更小的雅房，洗澡上廁所都得排隊。

馮道卻覺得已經很優渥了。吃飯不用愁，還能洗澡洗衣，瞧瞧外城難民過的什麼日子。

準人瑞猜，他在原本的世界不知道過得多慘烈。

現在她望著書桌上的ＤＪ台沉思。

這玩意兒是從市集淘來的，每天都有採集小隊外出蒐羅食物和物資。除了上交的額度，是可以自由交易的……只是ＤＪ台不知道有誰會買。

呃，除了她有誰會買。

這不是太閒嗎？還有三、四個月才死，能教的都教了，基地也穩定下來。

馮道想知道此界天籟。

其實馮道曾經演奏過他們世界的天籟，載歌載舞的示範何謂「祭」、「舞拜天地」。

說實話，人家的天道太符合她的想像了。別人的天道像是從天際悠揚而來的天音，縹緲有仙氣，天道界的恩雅，一整個符合身分，並且高大上。

這兒的天道在「呦呦耶耶卻課印卻可奧」。

…………

反正ＤＪ台修好了，閒著也是閒著。雖然還是嚴重失真，連主旋律都只能掌握部分。但是電子舞曲嘛，精神能表達出來就行了。

花了一個多月，總算是弄出來了。馮道很驚喜的前來聆聽。

強烈節奏，讓人渾然忘我，並且忍不住想隨之舞動。可以說非常華麗而瘋狂……的電子舞曲。

曲終，準人瑞有點尷尬的笑笑。雖然是嚴重失真版，她還是忍不住邊玩ＤＪ盤邊點頭晃腦。

「真是，與眾不同呢。」馮道眼睛發亮，「我能為之舞拜主祭嗎？」

「吭?!」

最後兩個人談了一晚，準人瑞深深感覺到文化代溝的存在。

馮道覺得一點問題都沒有。縹緲仙氣是一個曲目，但熱舞動感也是一個曲目呀。誰規定天籟只有一個曲目了？誰規定只能用編鐘笙簫才能演奏天籟了？誰又規定ＤＪ台不行？

他甚至回去自製了一個羽扇，希望能夠「祭天」，算是跟此界天道打個招呼。

「呃，據我所知，此界想祭天，需要皇帝在場呀。」準人瑞想推托。因為，她無法想像馮道用禹步跳電子舞曲的場景……畫面太美，她不敢直視。

「這好辦。」馮道點頭。

她沒想到馮道直接說服了日理萬機的趙司令官，司令官還真的親臨了。

趙司令官還穿得格外正式，軍裝白手套軍靴，各種臂章胸章掛好掛滿。他只帶了四個侍衛，同樣嚴整軍裝。

可能覺得有點丟人，所以在司令總部樓頂，祭天。

「……為什麼他肯來？」準人瑞不解。

馮道更不解，「他是皇帝，不來祭天？」

……不管科不科學，獨裁者還是希望授命於天？

準人瑞抱著腦袋燒了一會兒，決定不管了。實在是她有點可憐天道，居然只有死掉的殭尸和貓貓狗狗聽得到祂的歌聲。

祂為之眷顧的人類居然聽不見。

站在ＤＪ台之前，發出第一個音，馮道精神面貌為之一振，揚起白羽扇……然後真的用禹步跳電子樂啦！

趙司令官的臉第一時間就綠了。他覺得自己被耍了，並且深深後悔。

但是五分鐘後，他完全忘記是否被耍，因為他腦子一片空白，完全被韻律支配，陷入一種平和卻興奮的狀態。

準人瑞抬頭，發現趙司令官和四個侍衛跳得挺好的……跟斧頭幫似的，超級有感覺。

等嗨完了，準人瑞腦筋轉過來，頓時一昏。

完了。

嚴肅鐵血的趙司令官不由自主的跳斧頭幫舞步，她和馮道居然全程旁觀。求問被滅口的可能性幾何。

侍衛們已經將手放在槍套上，只差一聲令下了。

很幸運的，準人瑞和馮道沒第一時間槍決。很不幸的，他們倆被關了禁閉。

趙司令官的基地不留「監獄」這種沒有用的東西。毫無價值卻不是造反的罪犯直接扔出基地……槍決的子彈比他們的狗命珍貴好吧？還有價值可壓榨的押出去勞動到死為止，當炮灰使用。

所以他們被關在司令總部的小黑屋餓了兩天。

然後，然後就被放出來好吃好喝的伺候。

望著他們倆的趙司令官一臉複雜。

趙司令官容貌俊秀，可氣勢逼人。怎麼說呢？他有些像Hellsing（厄夜怪客）裡那群戴著眼鏡的神經病……譬如因特古拉・范布魯克・溫格慈・赫爾辛格（阿爾卡特的主人）的性轉版。

但他會長年帶著微微神經質的氣質，卻是因為他有個老毛病……他失眠。

尤其是末世以來，他肩膀的重擔簡直是難以承受之重，更惡化了這毛病。

這場荒謬的「祭天」之前，他已經有一個多月沒能闔眼了。

他很焦躁，更喜怒無常。沒失眠過的人不知道他的痛苦，基地的事務千頭萬緒，只有他才鎮得住場子。早已經過度運轉的腦子還不能休息，簡直要沸騰燃燒。

沒有暴虐的大開殺戒，實在是他意志力過人的表現，趙司令官從來不是脾氣好的人。

結果荒唐至極的祭天簡直要把他的暴戾點爆，他可是拿出畢生的修為才沒將那兩個混帳格斃。

實在是這兩人的能力太可疑了……居然能讓他失去控制，可能是某種可疑的催眠術，太危險了。

他絕對不承認丟人的一面被看到，既然不能滅口最少也得關起來省得讓人亂說。

但是悶著火氣闔目休息……他居然睡得一夜香甜並且睡過頭。

趙司令官扶著脖子。在椅子上睡得太熟的結果就是落枕了。

……這可能是偶然，絕對不會是那個蠢到爆炸的祭天所致。

可第二夜，他忐忑的在床上躺平，然後睡得跟死了沒兩樣，勤務兵費了好大力氣才將他叫醒，趙司令官還意猶未盡的咂吧嘴。

多久沒享受到睡眠的甜美了？全身充滿力氣，心情平和開朗。

刷牙到一半，趙司令官一噎，差點把泡泡吞下去。

難、難道？那個蠢到有剩的祭天，真的有用？祭天到底是怎麼回事？他慶幸沒有發火槍斃那兩貨。

所以現在還能把這兩貨從小黑屋放出來問明白嘛。

這兩貨倒是知無不言、言無不盡。但是聽完如此不科學的「天籟論」，趙司令官揮手，將這倆送去基地醫院好好的檢查一下，尤其是腦子和精神。

基地不能放倆精神病亂竄，還管著重要的防禦系統，太危險了。

最後非常科學的體檢報告放在他面前，他扶額不語。

如果這兩貨是正常的，那是什麼不正常呢？他一直以為「八卦辟邪陣」什麼的，都是異能者的故作玄虛，他不在意，有用就行。

然後一本正經的告訴他，這是符陣法訣什麼的，功法什麼的，能夠修仙什麼的……而且他會丟人的跳舞，是老天爺的天籟所致。

趙司令官的三觀都碎了。

但他終究是當代梟雄，粉碎的三觀很快的重組起來。對於無法了解的玄幻，直接撥到一邊，非常務實的只取實用的部分。

一開始，祭天只限於軍方高層。趙司令官依舊覺得很丟人，但是效果非常顯著。在壓力爆大的末世，快高壓出精神病是全人類的共同問題。

在第一線力扛的軍方更是常在緊繃得要斷裂的邊緣。不明真相的軍方高層在「壓力釋放操」之後，非常驚喜，強烈希望能推廣到全軍隊。

最後內城異常奢侈的開放政令宣導用的大螢幕，中午十二點準時播放「壓力釋放操」。

還別說，雖然很多人暗暗詬病不就是電子舞曲，但是嘗到一次甜頭，就明白為啥會叫做「壓力釋放」。每次渾然忘我的跳過一個鐘頭，對人生就充滿了希望，覺得什麼難關都能夠度過了。

扛活特別有勁兒，睡覺特別香甜，並且覺得下一秒會更好，莫名的產生信心。

本來只在內城風行，但是喇叭聲那麼大，會傳出去呀。於是靠近內城的外城難民也無法控制的手舞足蹈，一樣能夠「壓力釋放」。

最後乾脆在外城也設立了幾個大螢幕，全民一起釋放壓力。

於是就產生了奇觀：中午十二點一到，牆外殭尸Popping，牆內全民外帶貓狗不遑多讓，飆舞飆得超級起勁。

當然，操作ＤＪ盤的準人瑞和拿著白羽扇領舞的馮道大紅大紫了，享受超級巨星的待遇。

每天準人瑞都要將臉笑瘦。她還算好，馮道出門不戴墨鏡口罩都要寸步難行了……

現在最貴的是羽毛，誰沒拿把羽毛扇子跳舞就追不上流行似的。

等等，明明很嚴肅的祭天搞成這樣真的沒問題嗎?!

但是，最讓人無言的但是。

但是天道的歌聲，因為一個基地的聆聽，居然嘹亮許多。

準人瑞覺得，果然天道的心思你別猜。

只是每天十二點的大螢幕通常是錄影播出，對準人瑞和馮道的日常沒有什麼妨礙。

但是趙司令官終究是個非常標準的獨裁者。

所有的獨裁者興起之初，都非常熱情的推銷自己。比方說希特勒，不然你以為他為啥熱衷於激情澎湃的演說？在台上燃到要燒起來也是很費力氣的。

所以個人羞恥心根本不算事兒，可以堅決的扔到一邊。這麼富有渲染力的場合，絕對不能讓那倆貨獨享超級巨星的待遇。

我才是唯一的主角。我才該享有所有的崇拜。（趙司令官內心宣言）

於是舞台必須搭，趙司令官必須在台前「演出」，準人瑞和馮道也別想跑，紅花也得綠葉配，他們倆非來當御用配角不可。

……趙司令官玩脫了呀。準人瑞默默的想。當初羞憤欲死，現在卻開始講究服裝儀容，連帶上台的侍衛「伴舞」標準越來越嚴格。

這形象真的一點一點崩毀了……吧？

嗯，其實沒有。

民眾超吃這套的，自己一面狂舞，一面對著台上肅容踩斧頭幫舞步的司令官尖叫，少女被帥暈過去是常態，一點都不稀奇。

原本暗潮洶湧的地下革命黨和不滿分子勢力日漸萎縮。

準人瑞扶額。她覺得來到這個歡脫到離奇的末世，三觀就不斷的遭受挑戰。

或許是不滿分子發現越來越事不可為，於是偏激的化身為恐怖分子，想幹票大的。

好吧，準人瑞從來沒搞懂恐怖分子的訴求，不管是本世界還是任務世界。

就好像吵鬧打架甚至殺了丈夫，都不能挽回變心的另一半一樣，她就是不懂恐怖攻擊能達成什麼訴求。

總之，在某次現場演出後，場面最混亂的時候，恐怖分子發難了。主角趙司令官和配角準人瑞與馮道都是他們的刺殺目標。

結束的也非常快。隔著人牆，恐怖分子們就滅團了。

呃，你們不會以為多智近妖的趙司令官一點防範都沒有吧？別傻了。現在握有將近完成的疫苗的，是他。人望暴漲到令人髮指的，也是他。

他對基地的掌控接近百分之九十，雜在人群中保護他的特種部隊忠心破表。

恐怖分子剛舉槍，就被鎖定目標被子彈打得跟篩子一樣。

這場恐怖攻擊誤傷的人倒有一打，應該被刺殺的三目標連人都沒看清楚。

準人瑞有些意外的是，負責刺殺她的居然是個女性。要不是加強檢索發揮作用，她都沒發現地上那個手背有疤的屍體竟是改版女主角。

……欸？這對嗎？

她懷著一種不可思議的心情，仔細端詳這些恐怖分子的屍體，發現缺了改版男主角。

後來聽說，這個叫做「民主聖光」的恐怖組織首領逃了。她想，那應該就是改版男主角吧。

不知道是劇情太強還是劇情太弱……他們終究還是走到趙司令官的對立面。只是缺乏異能和金手指，同時缺乏疫苗這張王牌，到底還是小打小鬧的一敗塗地。

結果身為首領的改版男主角跑了……不對，根據殘黨驕傲宣言，這叫做保留革命火種。

……佩服。果然人類什麼行為都能粉飾太平。哪怕是很狼狽的逃跑也不例外。

準人瑞活得比預計的久。

道路保持暢通後，趙司令官收繳了一倉的中藥材，通通撥給庶務六課了……反正其他人也不會用。

劉新夏的執念很深。她一直想看到正式疫苗的誕生。雖然她已經不在了，但是準人瑞還是想滿足她。

她幾乎將畢生所學都用上了，勉勉強強多延了一年的壽命。

自從「民主聖光」傾覆後半年，原本不定時的殭尸攻城，突然變得有規律，越來越密集，甚至開始有些頭腦，知道要如何正確的堆屍，用物理性壓垮鐵絲網，以致於傷亡越來越慘重。

好像有人指揮似的。

嗯？好像比改版時進展更快？太早了。

疫苗也比原版和改版更早出世。因為時間很緊迫的準人瑞仗著趙司令官默默的撐腰下，理直氣壯的插手和高壓了。

正式疫苗誕生時，準人瑞笑得所有人膽戰心驚、噤若寒蟬。

昏暗的末世終於要出現曙光了。

趁著天上的衛星還沒掉光，她說服趙司令官，將「壓力釋放操」放送全球。能有多少人接收到算多少吧。

做完這最後一件事，她全副武裝的悄悄離開了基地。

為她送行的，只有整整齊齊的軍貓。靜默的看著她如鬼魅般飛躍鐵絲網，飄然而去。

事實上，殭尸只會對她遲疑的咆哮，卻不太會攻擊她了。

準人瑞嘆息。

或許在墜機後，劉新夏就死了。準人瑞只是仰賴量身訂作的止痛藥硬借屍還魂罷了。即使再怎麼想盡辦法，這具肉體還是不行了。雖然不再具有傳染力，卻還是漸漸殭尸化。

所以她要去做一件力所能及的事情。為這個討厭又喜歡的世界，做最後一件事情。

應該是有隻進化的殭尸出世了。

據改版的劉新夏神遊所述，殭尸的進化是個奇妙的過程。大部分的殭尸只有兩、三年的壽命，就會腐爛到無法使用的地步。它們的食欲無窮，以啖食人類為一切。但是餓極了，也會朝其他動物下手……可說是生態的一大浩劫。

可不會繁衍的殭尸卻會特別針對某些人類啃咬傳染而不分食，以此擴大族群。這種疑似生物的行為令人很費解。

然而，在普遍會腐爛的殭尸當中，極少數會進化。這種進化很神祕的類似昆蟲成蛹蛻變。

成蛹階段，殭尸似乎會溶解重塑，產生新的器官和血肉皮膚。進化越多次，外觀就會越接近人類，並且會獲得統領控制普通殭尸的普遍異能。

照殭尸攻城的智慧程度來說，準人瑞有種不妙的感覺。

所以她才會在肉體尚未崩潰的最後，決心找出這個潛伏在黑暗中的進化殭尸。

這真是跟時間賽跑。因為……她漸漸失去食欲，身上的膿包越來越多，潰爛流湯、痊癒，然後又長出更多膿包。

幸好在她面目全非前，追蹤到這個進化殭尸。

若不是她殭尸化，擁有感應，真看不出是殭尸……已經跟人沒兩樣了，甚至是個皮膚毫無瑕疵的大美女。鬆鬆垮垮的穿了件大襯衫，神情純潔而性感，眼神很茫然。

但是她手裡拿著啃得很乾淨的大腿骨，旁邊耐性為她擦拭嘴邊血跡的，是遍尋不獲的改版男主角，「民主聖光」的首領。

然後他們倆情不自禁的接吻了，開始脫衣服了，準備滾床單了。

地上有個看起來很新鮮，卻殘破不堪的屍體。

準人瑞悃然，呼吸間都是腐朽、尸臭味蔓延的空氣。這就是末世殘敗的風景。

套路，都是套路。

不知道為什麼，末世小說裡的女主角一定要收隻帥哥殭尸王入後宮，男主角也非收隻殭尸女王人外娘……不然末世的人生就不完整。

不管殭尸王之前殺了多少人類，不管殭尸王吃了多少人。只要她或他成為主角後宮，滴兩滴馬尿，全世界都會原諒她。不原諒她就是無情殘酷、無理取鬧的反派，必須被碎屍萬段然後踏上一萬腳。

抱歉，她無法接受。

以前有人說羅清河是個可悲的人本沙文主義者。事實上她並不以為是罵她，反而引以為榮。

因為，她為人類所生，為人類所養。社會可能有很多不公不義，但是綜觀文明進展，總是往好的方向行進。坦白說，不管有多少人對不起她，人類總體並沒有全對不起她。

所以三觀一直有點問題的她，遵奉了生物兩大法則。因為這兩個法則是最自私卻也最無私的法則，最接近真理的法則。

如果身為一個人類，卻厭惡並且不斷殺害人類，那不形同人類社會的癌細胞嗎？更不要提早已死去，並且變成另一種生物的殭尸。

為了種族延續，她勢必要站在殭尸的對立面，這是絕對沒有商量餘地的。

所以她不明白愛上殭尸王或殭尸女王的人是什麼心態。當她啖食你的同類時？或者你協助她獲取食物——你的同類時？

你的心情？難道愛情就可以說明這完全不合理的一切？甚至足以讓你違背生物法則？

抱歉，她沒辦法把這些人再視為人類。

「你真讓我噁心。」準人瑞開口。

殭尸女王和男主角終於發現隱藏在陰影中的準人瑞，男主角倒是學會了用左手開槍，殭尸女王面目猙獰的撲上來。

別鬧了。準人瑞冷笑了一下。

林間二十八隻蜘蛛已成網。她站在這裡不言不語總不是為了看人類和殭尸談戀愛有多獵奇。

模仿二十八星宿陣的蜘蛛網發出黯淡的光，將方圓一里內封禁……她衝過去揚起拳頭。

雖然身體處處潰爛，卻擁有類似殭尸不正常的強壯，足以躲避子彈並且將殭尸女王掄著玩。

她實在異常憤怒。一個人類，居然和殭尸女王合夥，輸送無數的殭尸去海基地，造成無數人的死亡，為的只是想達成他那可笑的報復。

子彈總有打光的時候。準人瑞一拳往男主角的臉上貓下去，保證從此成為無齒之徒。

迎面痛毆後，男主角很經典的擋在殭尸女王之前，漏風的說，「不！別、別殺她……她也不是自己願意變成殭尸的！難道人類和殭尸不能和平共處嗎？非互相殘殺不可嗎?!」

「不殺她？可以呀。」準人瑞的笑容轉冰寒，「來，殺了我。」

……這不是殺不了嗎？不然需要浪費脣舌？男主角又怕又痛的一腦門汗。

發現逃生無門，殭尸女王躲在男主角後面，柔弱無助的臉龐漸漸猙獰，「吃人類又怎麼了？人類還不是吃雞鴨魚肉？妳為什麼不先檢討人類是不是地球的癌細胞?!」

啃，連說話都會了。

「沒怎麼了啊。」準人瑞踏前一步，這兩人（？）瑟縮的往後退一步，「妳有權吃，但我也有權反抗。有時候，我也覺得人類是地球的癌細胞……但這是人類的共業，關妳這不是人的東西屁事。」

人類也有可能知錯能改，只是你們不知道而已。

準人瑞豎掌，如疾風閃電般，破開了殭尸女王的頭顱。

誰也別想阻擋。

她並沒有殺了男主角。只是撤掉二十八蜘蛛陣，跳到一旁的大樹上。

失去殭尸女王的眷顧，又沒有二十八蜘蛛陣的屏障。即使在生死關頭激發出異能，還是對付殭尸最犀利的火系，也只是讓男主角多活一點時間罷了。

殭尸女王所在地，總是殭尸聚集最多的。現在人類很難獲得，最容易獲得的就是男主角了。

他呼救、求饒、破口大罵，尖叫並且痛哭流涕。準人瑞只是饒有趣味的注視著他漫長的死亡過程。

好好享受吧，不要客氣。許多人，許許多多的人類，就是這樣無助的死亡。

來，享受你的死亡吧。

等他被吃殘了以後，準人瑞扔了張火符將他燒得屍骨無存。

然後感到雙倍的神清氣爽。她的，和劉新夏的。

果然是一樣的記恨，對這對主角攪屎棍同樣不爽。

跳下大樹，殭屍對她視若無睹，呻吟著蹣跚散去。

跟殭尸只有一線之隔啦。

準人瑞嘆氣，仰首。即使不是十二點，天道的歌聲依舊隱約可聞。想到孟蟬世界偶爾會神降於深藍的優雅天道，她笑了。天道也是有各式各樣的。

這個天道非常與眾不同，令人印象深刻。

像是聆聽，就會想要跳舞。

她不想每次離別都搞得淒風苦雨，所以才不告而別。她也不想哭著走。

每天我都跳這些舞步呢。來，舉起你的手。

準人瑞開心的在林間起舞，把王毅教她的那套全跳上了。盡情的，在靈火中 Popping。

彷彿聽到劉新夏開心的大笑。執念和迴響徹底消散……身體也如劉新夏所希望般，保留人類的身分，消逝於靈火中。

止痛藥終於管用了一回，準人瑞離開時滿意的想。總算不折騰祖媽了。

休息時間

回到「房間」，翻遍了小屋和花園都沒找到黑貓。

咦？懲罰這麼重，任務都完結了還沒放出來嗎？準人瑞緊張了。最後還是打手機循聲找過去，在窗簾飄飛的陰影處找到玄尊者。

準人瑞握住嘴，用好幾輩子的修為死命憋住。

背對著她的貓有著一身斑馬紋，非常完美的隱蔽在光暗陰影中。

雖然勉強露出笑容卻還是異常頹廢，抱起來時完全自暴自棄的癱軟。

「……抱歉，受苦了。」這懲罰比想像的還打擊人……貓。

變成斑馬貓的玄尊者趴在她肩膀上一動也不想動。

玄尊者插手執行者的任務，倒沒有被逮回去先上套滿清十大酷刑。別忘了，大道之初的文明程度超乎想像，對內自然也必須文明執法（？）。

於是黑貓被扔進小黑屋面壁思過，並且黥身以為警誡。

所以，有很長一段時間，黑貓要變成斑馬貓。

雖然只是八百萬分之一的分身，卻是本尊玄尊者恥辱中的恥辱……他本尊也呈現斑馬紋，大門都不敢出了，絕對是被譏笑到死的命。

和他最不對盤的白鷺尊者已經上門嘲笑到翻掉了。

聽聞他的悲慘後，準人瑞有點內疚，「……真的很抱歉。我的錯。」

斑馬貓稍微振作了點，「什麼啦，是我自己要幫妳、想幫妳的。羅不要低頭，完全不合適。」

「其實這樣也滿好看的。」準人瑞安慰他。

斑馬貓立馬哭了。

安慰人真不是羅的強項。

這次的任務圓滿達成。危險度隱蔽狀態的末日任務，能做到「超越完美S」不容易。

事實上，因為黑貓的插手，積分被扣得很嚴重，評價只到優異而已。

可誰讓準人瑞是擅長開世界任務的朋友呢？

其實這個末日任務最難就難在，即使達成任務，此界天道依舊衰微，橫越壞空的機率即使沒有改版命書的影響，還是只有五五波。僥倖度過壞空，也要面臨文明嚴重倒退到農耕時代，人口十不存一的慘狀。

因為此界天道已然垂危。

所謂「天道的歌聲」，事實上就是天道最後的吟唱，重現構成天道的完美規則而已。

如果照任務正常進行，天道唱祂的，執行者把資料和樣本送達就算完了，頂多將這奇特的天籟當作日後談資的一部分。

也只有被迫提高音樂素養，魂魄受到嚴酷陶冶的準人瑞，能夠敏銳的「聽見」，並且「和聲」，甚至「推廣」。

這是誰也沒想到的偶然。

天道與天選種族的關係至疏至親。兩者基本上不能夠有交集，才能維持規則無情的公正。

但是所有的天選種族（不僅僅指人類，天選種族也是有各式各樣的）都有一種種族天賦：當發自內心的崇敬天道、服膺規則時，會產生一種非常珍貴的情感，或者可以稱之為，信仰。

只有對於天道的信仰，是唯一能夠涵養天道的藥方。因為那不僅僅是崇敬天道，同時也是篤信並遵循規則，不使崩壞。

這很難，真的很難。因為真正的信仰很嚴苛，絲毫欺騙或誇大的推行就會失效。即使有所謂的宗教，事實上能作用於天道的微乎其微……跟沒有差不多。

此間天道無意的最後吟唱，準人瑞無意的「祭天」，基地無意的全民Popping……卻構成了非常美妙的結果。

最純淨的信仰給此間天道打了一記強心針，重建老舊斷裂的規則。煥發生機的天道回饋以信心與希望，吸引更多看過「釋放壓力」影片的人類，再重新獲得更多的信仰之力，形成一個良性循環。

如此，疫苗的誕生才有意義。如果人類失去希望、引頸就戮，哪怕得到消除百病的萬靈藥方也沒有用……因為連收集藥材的動力都缺乏了，人人坐以待斃。

超級世界任務：天道癒合與回春。已完成。

一切都非常美好。只是天道不清楚為何突然有信仰之力，全人類也不清楚他們奉獻出信仰之力。

其實準人瑞也不明白。她只覺得這個喜歡電子樂曲的天道超有意思，天道和人類攜手共度演唱會真是創意無限。

變成斑馬貓的黑貓照慣例落下巴。

聽完說明後的準人瑞只訝異了一秒，更關心的是獲得多少積分。

不枉是危險度隱蔽狀態，準人瑞差點登錄就死亡的任務。一個就抵二十個紅色任務的收穫，任務積分多到快出現亂碼了。

準人瑞大手一揮，立刻把玄尊者的賭債都清償了，慷慨豪氣得不要不要的。

將變成斑馬貓的黑貓逗得眼淚汪汪，賭咒發誓從此戒賭……特別不跟炁道尊賭撲克牌。

但是吃人嘴軟、拿人手短，斑馬貓……咳，黑貓的抵抗非常軟弱，所以積分縮水的慘不忍睹……被拿去升級了，只因為準人瑞想搬去有網路有圖書館的城市。

於是房間的門現在通向憶往市追昔鎮。

生活功能更健全，居住在此的學長學姊也更靠譜一點兒。問題是，在大道之初，最昂貴莫若知識。

所以圖書館卡、網路等等，那個價格真是貴族中的貴族。

「不行！不可以！」黑貓堅決反對，「妳又不待在家裡，網路有毛用！圖書館卡辦了就辦了，其他就免了……妳最少也留個夠死一次的積分！等等，妳在幹嘛？以前求妳買點保命的金手指妳不要，現在看商城看毛！不准再花了！停！手指不准點下去啊啊啊～」

「……冷靜點，我只是看物品說明。」準人瑞額角掛上黑線。自從黑貓變成斑馬貓後，他就開始有點神經質。

不過也能了解。鬍鬚都一截白一截黑，斑馬的很徹底。據說貓的鬍子非常重要……大概染色也會很煩躁……吧？

她的確沒有打算購買什麼商城貨，完全華而不實。因為有某個學姊大推智慧膠囊她才好奇看看……沒想到智慧膠囊就是內裝各種知識，是消耗品，能夠靈魂攜帶，上線後挑選著吃一把就能無所不知、呼風喚雨。

但是任務結束智慧膠囊就失效了。

這不是畫蛇添足嗎？準人瑞納悶。為什麼不把重要知識塞進腦子裡，使用期還永久呢，吃什麼智慧膠囊？

黑貓對她默默無語。所以說，學者型的執行者最難以理解，他早就放棄理解這些怪物了。

「呃，妳不想知道趙明夷和馮道倆的後來嗎？」雖然沒跟任務，但是瀏覽過程時，黑貓對這兩個人印象深刻。

「不用問也知道。馮道成了趙司令官的左膀右臂，並且相知莫逆。偶爾會想起劉新夏，卻堅信她只是出去流浪。其實他們都知道劉新夏死了，但是末世並沒有那麼多時間哀悼死去的人。」

……完全命中。黑貓瞪大了眼睛。

準人瑞瞥了他一眼，幸好眼睛沒有斑馬化，不然玄尊者太可憐了。

神祕的書架新添一本書，準人瑞花了很多時間做了一串風鈴。作廢的材料堆積如山，這些材料的價格讓黑貓差點心臟病。

但是完成的風鈴懸掛在屋簷下時，一切都是值得的。

畢竟要做出一串能夠呈現舞曲天籟的風鈴，這點兒浪費不值得一提。

命書卷拾貳
POLICE

森然

發下來的檔案倒有一把，標籤形形色色，只有一點相同：危險度通通是遮蔽狀態。

準人瑞想立馬將炁道尊掄牆數十，摜地板數百……如果不是打不過他的話，真的立刻以下剋上。

斑馬貓形態的黑貓蔫蔫的嘆了口氣。

「沒事兒。」準人瑞很樂觀，「這次準備得很充分。」

待在自己的房間也不是光做出那串沒什麼用的風鈴，她特別炒了一鍋「培元丹・改」和「強效辟穀丹」。最大的突破就是將體積儘可能的縮小，朝仁丹的體積邁進了。並且訂製了掌心雷能用的子彈，備足了四十發。

從黛玉那兒得來的荊棘，也在房間的園子裡培養過，努力煉化到最迷你。

不管是科技世界還是仙俠世界都有應變的能力，完全沒有問題。

怎麼說呢？不愧是炁道尊精挑細選的任務，總是有各式各樣的「驚喜」。

甫上線，視角還沒有完全恢復，她就聽到一聲清脆的「喀啦」，劇痛，視線完全傾斜。只來得及瞥了黑貓一眼，斑馬貓臉露出錯愕和氣急敗壞，就模糊在霧氣中，最後眼前一黑。

有幾秒，準人瑞才反應過來。

靠北喔，做了那麼多的準備有屁用，上線就死了啦！而且應該是被折斷頸骨死掉的！

上個任務就很哭夭了，這次更哭夭！直接死！你也給我反應時間啊！沒反應時間搞毛！看吧看吧，上線就宣告任務失敗……

咦？她難得看了一眼自己的個人面板，任務狀態還是「執行中」。

她看向自己的手，難得是霧化狀態，而且左手可以穿過右手……真的是霧。左顧右盼了一會兒，發現自己在一棟三房兩廳的公寓內，卻一個人都沒有。

而且，她可以穿牆。

她隨機拿的那個任務檔案標籤是哪個來著？呃，記得是「現代」對吧……

底下好像有灰塵似的兩個小字。

準人瑞努力回憶，託賴升上正式員工的超強記性，她想起被忽略的兩個字乃是「靈異」。

…………

等等！就算是靈異也該是我當天師，而不是我當鬼吧?!準人瑞都要咆哮了。

從來沒有當過鬼的準人瑞束手無策。

不要說黑貓不見了，全世界的生物都不見了好吧？她能夠看到的就是建築、石頭、天象……連根草都看不到。

然後非生物也沒有。比方說，跟她同形態的鬼魂連根毛都沒見著。

孤零零的，只有她一個……還有腳邊顫抖哭嚎的原主魂魄。

原主的魂魄根本不成人形了，蜷縮發抖的像是隻沒有毛的狗。無法溝通，她的思緒除了恐懼還是恐懼，再多就是無止盡的疼痛。

暴露在死寂世界的原主像是被剝掉皮膚面對，哀號、呻吟，顫抖的求救。

可是準人瑞不知道怎麼樣才能救她。

轉變成這種形態，記憶抽屜完全鎖死，準人瑞只能瞪著上鎖的抽屜乾瞪眼。原主魂魄的記憶混亂瘋狂，什麼都讀不出來。

黑貓，關鍵時刻總是精準的掉鏈子，準人瑞就沒指望過。

肉體死亡了呀。沒有左心房可以收納了，現在如何是好。

煩惱並且百無聊賴的準人瑞試著開啟紅寶石戒指……鬼魂狀態下，大部分的充分準備都看得到摸不到，只有荊棘還能稍微驅使一下……冒出紅寶石戒指形成一個精美的戒台。

……這有毛用！

準人瑞真的咆哮了，氣得心臟狂跳。

狂跳？心臟？

懷著不可思議的心情內視自己，完全摸不著頭緒的發現，她擁有五臟六腑經脈血管。氣海也有，只是上鎖了，瞧不見有沒有元嬰。

……現在她到底是什麼東西？人不人，鬼不鬼？

但是原主實在哭得讓她頭疼，離遠了哀號，離近了呻吟。

所以她異想天開的試圖將原主塞進自己的胸膛。然而原主居然化作一股煙，躲進了左心房，啜泣聲漸漸低下來，縮成一團的睡著了。

耳根終於清靜了。可是問題一點都沒有解決。

叉著胳臂，準人瑞深思。

她決定，不管打不打得贏，回去第一件事情就是將炁道尊往牆掄上一遍。

當了三天的鬼，準人瑞覺得以往對鬼魂可能有很深的誤解。

說不定有些鬼魂並無意驚嚇凡人。只是他們同樣的也看不見凡人，才讓因緣際會看見的凡人嚇出點毛病。

她整棟樓穿牆穿天花板的逛了一圈，還是沒看見任何人。只是第三天能聽見聲音了，六樓的凡人飆出一串驚人的女高音。

看不見人卻聽到這串女高音嚇死人……嚇死鬼了好不好？準人瑞一竄直接穿牆……穿出公寓了，砸到前面的大馬路上。

她是不太怕太陽，但是在公寓外不太能控制自己的行動。地心引力不太有用時，就會覺得當鬼很不容易。

終於明白為什麼鬼魂會趴在牆上或天花板移動。因為地心引力不給力，而且會這樣幹的應該是新鬼。

第三天她終於克服了這問題，能夠穩穩的站在地上不亂飄了。並且死寂的世界開始出現生物……還是非生物？總之，她開始看到鬼魂，只是數量沒有想像中的多。好幾條街才看到一個，明顯害怕她，不要說交談，瞧見拔腿就跑。

第四天，植物出現了。呃，應該說，植物一直都在，直到第四天才解鎖讓她瞧見。

第五天，終於有動物了。但她只瞧得見貓。所有的貓都對她很警戒，甚至會凶她，比鬼魂有膽子多了。但是滿街的貓不包括依舊掉鏈子的玄尊者。

第六天，看得到大部分的動物和鳥。只是別的鬼魂經過就經過，她經過狗狗們必吹狗螺，讓準人瑞很尷尬。

第七天，她終於能看到人類了。還有，眼淚汪汪關鍵時刻總是掉鏈子的斑馬玄尊者。

「……所以現在是？」準人瑞嘆氣。因為剛剛飛撲的玄尊者穿過她的靈體撞上牆了。

「這是靈異世界。規則比較不同。人類死掉成鬼魂，鬼魂是被承認的另一種形態。」黑貓揉著額頭說。

「哦？那麼消滅鬼魂才算觸犯天條囉？」準人瑞有點開心。

黑貓啞然，片刻才勉強回答，「……是。」

羅想幹嘛？到底想幹嘛?!雖然不想，黑貓還是炸毛了。

「消滅誰的問題還是先放一邊吧。」準人瑞嚴肅，「記憶抽屜完全打不開了，看不到檔案。原主瘋得很徹底，她的記憶一點用處都沒有。」

「…………」

黑貓手上雖然有資料，還擁有最強搜尋引擎，卻是最乾扁的第三方觀點大綱。許多細節在準人瑞手上的檔案，並且擁有原主記憶補全並完整。

現在搞到變成鬼了卻陷入根本沒有細節的窘境。

先說原版。

這位事主。她姓許名夢槐。

坦白說，準人瑞一聽這名字就覺得不妙，聽起來很唯美，可她絕對不會給孩子取這名字。槐樹本來就不是什麼吉祥的樹，有木中之鬼的稱號。天天夢見鬼怎麼會好？所以父母取名須謹慎，寧可取個菜市場名也不要太標新立異。

果然這位事主很坎坷，才剛二十就被個有來頭的變態虐殺了。

可就這個世界的規則而言，鬼魂再大的怨氣也必須層層修煉上去，等修到足以報仇時，仇人往往沒有那麼長的壽命。

不知道是幸還是不幸，她立誓報仇的變態仇人倒是活得超久……有來頭嘛。但是她還是屢戰屢敗、屢敗屢戰的糾纏了幾百年才殺死這變態，不但消滅肉體也消滅靈魂。

最後她在這個沒有信仰也沒有地獄的世界，成了第一任的閻羅王，規範了天下的鬼魂。也因此阻止了天道的慢性死亡。

然後一個三觀碎裂的作者誤將天機當靈感。

也沒怎麼了，就是替變態編了許多理由，並且弄得超熱血的，增添許多外掛，虐殺的手段也更加殘酷毫無人性。

許夢槐甚至沒有當多少時間的鬼魂。變態的靠山充滿愛意的為變態掃尾，將許夢槐煉魂成沒有神智的魔頭。

改版倒是改得很爽，三觀能有多碎就有多粉碎。沒有第一任閻羅王，衰弱的天道連第一波壞空都沒抵禦過，一命嗚呼，ＧＧ斯密達了。

「……哈？」準人瑞扶額，「改版是否惡意賣腐？」

「妳怎麼說出來了羅？」黑貓譴責的看她，「聽說這是創作者的裡規則。讀者可以腐，作者絕對不能承認。」

「抱歉。」準人瑞沒有什麼誠意的說。

測試用的領域輕輕蕩漾。

是的。第七天不但能看到人類和黑貓，領域也能使用了。卻是史無前例的輕薄、稀疏，但依舊跟蜘蛛網一樣能起相當的警戒作用。

變態的靠山。許夢槐真正的死劫。

「走！」準人瑞穿牆往下跳，一路狂奔出變態靠山的感知範圍。

跟著她跑的黑貓琢磨過來，開心的說，「呀，度過死劫了呢！這任務意外的簡單和簡短……」

準人瑞無言，將原主魂魄裹著鬼氣，挪出來給黑貓看。於是斑馬貓差點變成白貓。

原主的狀態依舊很差。退化到她認為最安全的狀態：四肢著地，長髮覆面，發出奶狗可憐的嗚咽，常常縮成一團。

精神完全失常，甚至連人類的心智都無法保持。

準人瑞都不敢想她生前到底遭遇到什麼非人的虐待，才能將她折磨成這副樣子，連死亡都無法洗滌她心靈的巨創。

讓事主度過死劫並不是任務的最終目的。真正的目的是將歪斜的命運線拉回正軌。一個精神失常，無法保持人類心智的事主，在她恢復正常健康之前，任務都不算完。

但這也太困難!!

「沒事。」準人瑞將原主挪回自己的左心房，「讓她在安全舒適的環境待一段時間，先不用管她。」

「……不先來個心理治療什麼的嗎？」黑貓完全憂慮了。

「首先是我不會。其次是，我不太相信心理醫生那套胡言亂語，搞不好醫生都無法說服自己。」準人瑞淡定，「不過是嚴重一點的創傷後壓力症候群罷了。如果我們都還活著，還能夠開方治療……」

很可惜都是鬼了。喵低祖媽學過怎麼超度封滅鬼魂，從來沒學會怎麼醫鬼。

「不過也沒差。根據我得過某些心理疾病的經驗來看，舒適安全的環境和充足的睡眠其實是第一良方。」

準人瑞又加強了一層輕緩的束縛，強度大約等同擁抱。原本抖個不停的原主終於安生了，陷入溫暖的沉睡中。

她沒有說出口的是，其實她十來個任務下來，也總結出一個經驗談。大部分的事主心靈都充滿傷口，想真正痊癒必須打開肇因的心結。

很惡俗卻很簡單粗暴，讓罪犯付出足夠的代價就可以了，簡稱復仇。

但在那之前還是先將自己的實力提起來，不然啥都是空談。變態靠山只踏入她的領域，就讓她震盪到想吐了，還談什麼復仇。

「咱們還是先談談，現在我到底是什麼情形。」準人瑞揉了揉額頭，「人不人、鬼不鬼，一點底都沒有。」

快變成白貓的黑貓凝重的掃描了好幾遍，抱著胳臂苦思冥想。要不是心事重重，準人瑞會覺得抱著胳臂蹲坐著的斑馬貓還挺萌的。

「此間天道……很有原則。」黑貓謹慎的說，「羅的魂魄還是得層層解封。但即使是天道也無法改變羅的本質。其實升為大道之初的正式員工……妳可以理解為雖然依舊是魂魄，卻是魂魄形態的肉體。既擁有魂魄的特質，也擁有部分肉體的特質。」

就是說嘛。沒道理在紅樓世界的太虛幻境是各種巔峰，這兒卻連摸張紙都摸不著。

「別的鬼魂是層層修煉，我是層層解封，是吧？」準人瑞嘆氣。

黑貓苦笑。

其實他不太在意解不解封，他真正頭疼的是許夢槐的發瘋狀態。這得磨多久才能導回正軌啊!!

幸好他不知道準人瑞真正的計畫。不然就得變成白貓石化直到任務結束了。

有些東西是連天道都無法封印的。比方說，望氣。

不要覺得鬼魂不吃不喝還能修煉好像很棒……別傻了。鬼魂還是需要能量，來源還很單調。要不就是需要陰氣，要不就需要供奉。

供奉就先不去想了，香火處是兵家必爭之地，她個連張紙都拎不起的新鬼擠都擠不進去。

但是比依靠本能的鬼魂強的是，她能夠望氣，然後從學得很粗略基本的風水裡，淘出個陰氣純淨適合涵養鬼魂的地方來。

千年大墓當然陰氣很豐沛，但太雜駁了，完全詮釋何謂事倍功半。

其實真正的陰氣並不傷人，撲面反而有滢潤清涼之感。畢竟人類乃陰陽相濟之體，要是會排斥陰氣或陽氣……說真的人就活不久了。

只是陰氣比陽氣更包容，往往能與冤氣、怨氣等等晦氣相容，真正傷人的是晦氣。

要找到完全沒有晦氣的純陰之地不簡單。

那是眼相當不起眼的山泉，只有臉盆大，卻能泉映雙月。

但是此等福地洞天絕對有主，還是條頗有道行的竹葉青蛇。別人靠近絕對沒門，在林子外迷路到死都別想看靈泉一眼。

可這絕對不包括身懷公子白蛇蛻的準人瑞。

竹葉青惶恐的差點第一時間讓出靈泉，準人瑞好說歹說才讓他打消這念頭。

沒辦法，此界連蛟蛇都成了傳說中的傳說，更別提蛟或龍。

於是在這個強力的蛇房東庇護下，準人瑞開始了層層解封的生活。

蛇房東非常仰慕蛇蛻的原主，自從得知原主叫做公子白，他就非常謙卑的請自名為「公子青」。

準人瑞扶額，沉默良久後，應了。

她擔心未來跨世界認識的蛇都取名為公子系列……怎麼想都略中二。

不管怎麼說，公子青都非常關照她，不但借居靈泉，還將靈泉孕育的石珠送她一枚棲息。

禮尚往來，她送了公子白蛇蛻上的十枚鱗片給公子青……雖然是有點沒禮貌的從戒指裡擠出來扔地上（她還無法碰觸物體），公子青還是高興得快哭了。

有了靈泉和石珠加持，成鬼後第十四天，她拈起一片枯葉。自此，她終於能夠取物了。

這是個重大突破，不僅僅是取物而已。這表示，她能夠如人般起居坐臥，不再什麼東西都先穿過去啥都碰不著。

這也代表，她能夠行使暴力……不管是法術上的暴力，還是武功上的暴力。

照這樣七天一層的解封，她隱隱感覺到，這是遵循喪事的「旬」為規則。她在頭七能見到人類和黑貓，二七能拈物，恢復巔峰時的15%。

大約七七就能夠恢復巔峰了。

公子青說，這進度實在太快。因為最有天賦的鬼魂最速也是七年為一期，四十九年能成厲已經快得不能再快了。再往上的鬼將、鬼王，那是以百年計，成功的只有個位數。

這世界的規則是這樣的：生物死後魂魄漸漸溢散天地，新生命誕生時重新凝聚魂魄。

問題就出在這個「漸漸」。

其他生物的沒問題，但是人類的魂魄留存在世的時間越來越長。無法自然消散的魂魄往往是被強烈的怨恨和執念捆綁。而此界並沒有天堂或地獄的靈魂轉介機構，所以造成了某種失衡。

資料不足。準人瑞默默的想。但是天道的衰頹和慢性死亡會不會跟這有關？

可也只是想了一下，就先留存不問了。因為最重要的不是這個。

在三七的時候，擴大到整座山的領域邊緣又蕩漾了。變態的靠山找到這附近了。

雖然公子青再三挽留，準人瑞還是果斷懷著石珠離開了。

現在她的感知更清晰，能夠敏銳的發現變態的靠山居然是個道士。這等詭徒最煩，而且會牽連到安居樂業幾百年的公子青……絕對沒有任何人或蛇因為好心就活該倒楣被牽連。

所以她將那個該死的道士引走了……然後在他眼皮底下消匿無蹤。

琴娘世界的神棍技能還是吊打絕大部分的小千世界。

只是她覺得有點怪怪的。

畢竟，現在她的身分是鬼魂。可鬼魂執筆畫符……用的是跟陰氣同源的鬼氣。雖然你不能說陰氣不是靈氣……但她總是多少有點「奶油」（台語的不太舒服）。

讓那個靠山道士絕對想不到的是，準人瑞第一站是回到許夢槐遇害的公寓。

但被充滿愛意的道士掃過尾，打掃過不算，還重新裝潢過了。只是一個人的屍體起碼也五、六十公斤，但是照淡淡的屍氣顯示，屍體根本沒有出這棟公寓。

她懷著最壞的打算甚至探查過化糞池……也沒有。準人瑞承認，她鬆了口氣。

可又很快的沉重起來……屍骨無存啊。連變態的氣息都消滅了，幾乎難以追蹤。

她不知道的是，道士也摸不著頭緒並且焦躁起來。

他有種獨門化屍水，可以將屍體化滅成一小瓶屍油。就是憑這屍油得以拘魂攝魄，煉化為魔頭，比小鬼還忠心好用。

但是不管怎麼驅使屍油，那女鬼就是不來，終於追查到蹤跡，卻又很快的消失。

這太詭異了。

除非有修行比他高的大能出手，不然那女鬼不可能逃出他的手掌心。

他同樣不知道的是，現在還不太大能的準人瑞，憑藉著異常高端的制式外掛，保住許夢槐妥妥的，不費吹灰之力。他就算是催盡功力到腦溢血也別想讓許夢槐的魂魄動根頭毛。

兩方都有疑惑，並且忌憚，所以避開了最初期的衝突。

鬼魂的手段其實不太好使。準人瑞嘆氣。難怪厲鬼現世報的傳聞非常少。

但她終究不是標準的鬼魂。所以嚴肅的作醮祭天後，獻上一曲「天籟」……很抱歉必須清唱。幸好此間天道走縹緲仙氣風，作曲清唱還容易，若是照上個任務的天道……必須用口技唱Beatbox，她非以頭搶地不可。

天道沒讓她頭破血流、七竅流血，算是默認她作弊了。

嘗試了幾次，她終於在符籙加成下，成功的凝聚身形。只要拿起洋傘，就能在太陽下行走，不會逸失太多陰氣。

除了皮膚太白，體溫太低，心跳無法測量，幾乎沒有缺點了。

只是疤痕沒辦法留下來，被搭訕得很煩。祖媽每天都必須忍住掄人的衝動。

她需要一個住處，一條網路線，電腦和手機。

想要隱蔽於人世，人類比鬼魂還容易。

要達成目標很簡單，有錢有身分證就行了。雖然不可取，但是路邊隨便撿的威力卡在符籙加成下，想讓人類看成啥就能是啥，何況只是區區身分證。

至於錢，難道她不會五鬼搬運法？只要將整個城市掉的零錢搬運過來，就有一筆非常富足的啟動基金了，再開個戶，完美。

準人瑞租了一間鴿子籠般的套房，提了台筆電和手機，就潛伏下來。

畢竟幾世沒用過駭客技能，有點手生，必須補課。但也不到一個禮拜就弄懂了此界的規則，一法通百法通，大道之初正式員工的智商外掛還是相當給力的。

於是她一個鬼魂，大隱隱於市的，開始了神之駭客的生涯。

首先她駭進了遇害公寓附近的監視器，先確認變態的面貌，並且開始追查他的身分。

變態的名字很普通，姓尤名盛文。事實上，他還是失蹤人口，大學還沒畢業就在校園失蹤了。

所讀大學曾經發生過殺人事件，死亡六人，失蹤一人，失蹤的就是尤盛文。殺人犯是同寢的一個學生，據聞是精神失常殺害全寢睡夢中的同學，很快就被捕了，可被捕當天就自殺了。

在犯罪率非常高的城市裡，這根本微不足道，只占了報屁股而且語焉不詳。

……有種濃濃的詭異感。

在網路上，其實一切都不是祕密。

所以她輕而易舉的追查到尤盛文所有的網路身分，並且讀過所有他所發的一切文章……不管是bbs、部落格、facebook還是各種論壇，哪怕是灌水文也沒有放過。

……這傢伙就是個精蟲衝腦的東西。除了性，好像沒有其他追求。

看到一半，準人瑞就頭疼。她好像親眼目睹直男色情狂變態是如何煉成的。

看得火氣亂冒的時候，她翻到一篇。

尤盛文非常推崇一部古代色情小說，隱諱的暗示換陰莖並不只是小說家言。底下有幾個人回應，說，可惜名額有限，兄弟才能有好康，不能道相報。

回應的剛好是七個人。清查身分發現，正是尤盛文同寢的同學。

準人瑞入侵警署資料庫，翻到這七個人的屍檢。法醫倒是很敬業，提及這幾個人的陰莖都有手術痕跡。

更大的發現是，有個殺人犯的偵訊錄音檔。

殺人犯呼吸急促粗喘，不斷的尖叫和罵髒話，罵得最多的是尤盛文，一再說他害了他們。說他必須結束同學的痛苦，因為他們是朋友。

在顛倒錯亂的口供中，他不斷的提到「觸手」和「尾巴」。

準人瑞還一頭霧水，一直沉睡在左心房的許夢槐卻發狂了，她尖叫得能刺破耳膜，拚命喊著，「不要！怪物！好髒！好臭！不要靠近我！好痛，好痛啊!!」

在她發狂的時候，準人瑞恍惚的接收到一些雜亂無章的畫面，的確有「觸手」，很多「觸手」。應該很陌生卻看起來有點熟悉……伴隨著劇烈的、撕裂的、極致痛苦。

準人瑞當機立斷關了錄音檔，並且為許夢槐遮蔽那些畫面，滿足她的要求——將她拎出來放在蓮蓬頭下沖洗。

當然，普通的水根本灑不到她。準人瑞將陰氣融入水裡，讓癲狂痛苦的許夢槐舒服一點。

這時候，真相一點都不重要。雖然她隱隱約約摸著一點邊。但是，那對許夢槐來說，並不是夢魘，而是直下十八層地獄的酷刑。

準人瑞輕輕哼著〈Sweet Dreams〉。她的音感不算好，這首經典讓她唱得異常機械化，但是也因此格外冷漠乾淨。

終於安靜下來的許夢槐趴在她懷裡發抖。耗了太多陰氣精疲力盡的準人瑞只能坐在浴室抱著她。

結果應該是上司的黑貓也擠著發抖。

所以是真的了。

「叫你不要隨便讀心。」準人瑞輕責。黑貓的掃描和組織功能太優秀，比她更能看懂那些雜亂的畫面。

黑貓可憐兮兮的乾嘔。

「沒什麼。」準人瑞垂下眼簾，「不過是鬼畜觸手系小黃文的經典。非常老套。」

黑貓抖得更厲害。許夢槐都平靜下來回左心房繼續睡了，他還在抖個不停。

直面這種骯髒齷齪的人性陰暗面，真有毀滅所有男人的衝動，並且加重她的仇男癌。

但終究理智還在線，不一竿子打翻一船人。

「這不會有什麼改變，該報的仇還是要報，只決定報仇時的手段而已。」

這次黑貓完全沒有阻止她的念頭。

準人瑞在網路如入無人之境時，她的名氣漸漸大了起來。

幾次交鋒，有駭客問她是誰，她直言是「Ghost」，可是駭客們卻認為她是「God」。

她實在太狂了。

但是他們眼中太狂的事，準人瑞卻是駕輕就熟。記得嗎？殷樂陽時，她就寫過「關鍵字篩選原則」讓監禁強暴系BL小說絕跡，現在不過是將目標擺在鬼畜殘暴小黃文罷了。

你們有你們的創作自由，那也來瞧瞧我的創作自由。

「……這沒有意義。」黑貓小心翼翼的說。羅看似冷靜事實上比不冷靜可怕太多。

「是。沒有意義，而且完全是遷怒。」準人瑞看著螢幕目不斜視，「但這樣我會比較爽，不會憋出毛病。」

黑貓安靜了。兩害取其輕，讓祖媽羅做她想做的事吧。

使完性子，準人瑞氣消了一點。渾渾噩噩神智不清的許夢槐居然也因此舒緩了些了點。

其實不是第一回遇到這種事了。朱訪春不慘烈？殷樂陽不慘烈？許夢槐不過是獵奇

但她相信不管遇到多少次，她都會跟最初一樣憤怒抓狂。這種以性與暴力鞭韃至靈魂的凌辱，是她永遠無法習慣的極惡。

是，朱訪春和殷樂陽有著非常堅實的核心足以讓他們保持完整，她很敬佩。但沒有這種堅強錯了嗎？不，許夢槐一點都沒有錯。沒有人可以理直氣壯的在她身上找理由，並且為這種惡行掩護和粉飾太平。

她是個普通的青春少女，愛玩，也玩得很開。但這有什麼不對？男未婚、女未嫁，連男朋友她都還沒有。她想怎麼面對自己的欲望，那是她的權力。

在宣揚性開放的此界，喝一杯看對眼就上床的社會風俗中，沒有人，沒有任何一個人能非議她，也沒有任何人能以此為藉口，對她訴諸性侵與暴力，更無權殺害她。

你以為你是誰？

這個世界真是完全莫名其妙。倡導性開放，男人以獵豔為榮，女人比照辦理，暗地

裡卻要遭受非議。萬一女性受辱被知道了，撲天蓋地的冷嘲熱諷就奔出來搶占道德制高點了。

如此性開放是開哪招準人瑞不懂。男人獵豔的對象難道不是女人？還是說性開放事實上是為了男同性戀服務？鄙夷滾床單的暫時床伴是哪招？

但這並不是單獨現象。

一個七歲小女孩被性侵，網路上無德的一部分人附和犯人太太的說詞，說都是小女孩搔首弄姿勾引她老公，還言之鑿鑿的說空穴不來風。

這世界瘋了啊。

她先把這些八卦得非常開心的人點了名，寫了兩個小程式，送他們無解的電腦病毒和手機病毒。

包準開機燒電腦，開手機燒電池。

但比她瘋狂的是，法官以「證據不足」，當庭釋放了這個戀童癖犯人。

這讓強按捺住暴脾氣親自驗證，確保證據確鑿的準人瑞情何以堪。事實上，這是個慣犯，是個連自己女兒都沒放過的慣犯。

她知道。因為她托夢親自查問過。

也在法庭中的準人瑞，陰沉的隨著人流出去，遠遠的跟著那個對著記者們侃侃而談、笑容滿面的犯人。

成為戒台的荊棘悄無聲息的浮動，應該最害怕雷霆的鬼魂準人瑞，微不可察的掐訣，當空一聲霹靂，雷奔電馳讓犯人成了一具焦炭，碎在地上形成兩個字。

天譴。

「羅！」黑貓跳起來。

但她什麼也沒說，只是平靜的掏出一個小葫蘆，將呆若木雞的魂魄攝入。

「安心，沒有魂飛魄散。還在天道寬鬆的天條內。」她封印後，朝小葫蘆上貼了一道五岳符。

黑貓抖了抖毛。泰山符都快把餡擠出來了，現在是五岳的重量啊……幸好魂魄壓得很扁也不會死。黑貓暗暗慶幸。

整個社會都沸騰了，網路根本是炸膛。

之前奇怪的電腦病毒和手機病毒就已經沸沸揚揚，現在又乾脆的天打雷劈……已經有人信誓旦旦的認為是謀殺。

但是警察怎麼查都查不出有絲毫人工的痕跡。畢竟在眾目睽睽之下，怎麼樣都不可能搞出被雷劈完剩下的焦炭還能鋪開成字的。

可很快的，第二樁「公開處刑」出現了。

一個強暴慣犯並且背著兩條人命的市長兒子，突然對著便利商店的監視器滔滔不絕，並且得意洋洋的曬過往「豐功偉業」，連屍體埋哪都說得清清楚楚，然後在路人驚駭的眼神下，在自己手臂刻下「天譴」二字，然後切開自己的頸動脈，連一分鐘都沒熬過去就死了。

轉眼那段錄影差沒幾秒就放到最熱門的視訊網站。

這又讓警界人仰馬翻，卻依舊徒勞無功。

畢竟，既是頂尖駭客又擁有最強神棍技能，並且是能迷惑催眠兼托夢……如此全才的鬼魂，真的難以逮捕歸案。

實在是非戰之罪。

一開始，準人瑞沒想到什麼公平正義，純粹是使性子發脾氣。

所以她親手劈了那個戀童癖五雷轟頂。

然後在駭客的小圈子裡聽說了警署資料庫的一個公開祕密。

她很訝異的發現，這個世界的法官淪喪了，記者只顧譁眾取寵了，以為會更墮落的警察，反而堅守住……最少比她想像的好。

明明相較法官和記者，警察標準的事多錢少離家遠。貪腐的警察絕對有，就比例來說，意外的低。

社會秩序的最後一道防線。

但是這道防線卻常常有心無力。他們能逮捕犯人，卻不能給犯人判刑。被操弄的輿論和法官齊施力，天大的刑案都得為錢權兩字讓道。

廢死法案早已通過，專為某些犯人所設的精神療養院異常豪華。

殺人的成本很低，只要打通關節，不過是去精神療養院度假。「病癒」後略略操作就能出來繼續為所欲為。

只要你或你爸有錢或有權就可以了。

不知道是哪個憤怒青年的警察，異常不滿的將一些證據確鑿，法官卻雞蛋挑骨頭的挑出採證的瑕疵來「罪證不足」，或者是冷血謀殺犯被法官裁定為「可教化」……等等讓人吐血的案例。

這是一個叫做「Tff」的檔案。

為什麼是市長兒子呢？因為他高掛「Tff」第一個，證據齊全，查證容易。一直沒能實驗攝魂術的準人瑞，終於可以放心大膽的實驗了。

還算成功，沒把他弄成完全的白痴。準人瑞模仿一段忘記從哪看來的小說情節，誘使他自白後自殺。看起來效果不壞。

滅掉這兩渣後，準人瑞怒火消散多了。提著一顆心的黑貓以為她會收手。

可她清查了Tff第二個檔案，經查無誤，親自將在療養院「服刑」的地鐵殺人犯嚇瘋了。

這小破孩拿把衝鋒槍連掃了三節車廂，殺死了十八個人，重傷六人。最後法官以「精神分裂」與「有悔意」、「可教化」，讓他逃脫牢獄之災，直接進了精神療養院。

真正的原因只是因為，他親爺爺是軍方的實權人物。

但這能嚇得了準人瑞嗎？別傻了。被殺的十八人裡頭，七個因為強烈的忿恨遺憾和執念，有成厲的資質……但那最少是五十年後的事情。

哪裡等得了那麼久。

她寫了一個很複雜的符籙……之類。因為載體是電視，所以很難說算不算符籙。在朱訪秋的世界玩過，導致全球只能播放她的最後演說。這次只是攔截了療養院的電視，並且播放了指明給地鐵殺人犯的符。

甚至沒有殺傷力，只是替地鐵殺人犯開了陰陽眼。

所以他能看到跟在身後的七個怨氣沖天的鬼魂，於是他瘋了。如此折磨了七週，他終於被熬死。

精神極度耗弱，無法睡眠，一直處在極度驚恐中。死時體重不到之前的一半，最後連骨灰都燒不出來。

他死前咬破自己的手指頭，趴在地上寫了無數的「天譴」。

「……為什麼啊？這不是任務必須！」黑貓憂心。因為許夢槐情況一樣糟，準人瑞卻一直在管無關的閒事。

「我在做的就是任務的必須呀。」火氣熄滅的準人瑞很有耐心的解釋，「想想吧，原版中許夢槐成為第一任的閻羅王，為什麼就能阻止天道的慢性死亡？」

「妳的記憶抽屜打開了？」黑貓驚喜。

「沒有。」準人瑞對鎖死的記憶抽屜也很沒輒，「只是合理推斷並且推測。天道的衰弱往往肇因於規則的崩壞。能夠造成這麼大規模卻慢性的崩壞……天選種族的人類，脫離不了關係吧？」

「許夢槐成為閻羅王就能阻止天道漸衰，問題可見是出在鬼魂大量的滯留於人世無法還諸天地。」

「可是為什麼會出現大量怨鬼呢？追根究柢，就是『道德』已經被棄若敝屣，成為老古董，招人嘲笑了。文明社會的唯一底線變成『法律』。但是法律再周延，還是有太多漏洞可以玩弄。」

準人瑞對著黑貓微微一笑，那笑容卻沁入太多的苦澀。

「玄尊者，我一直認為，『道德』其實是非常功利的。存在的緣故最是自私也無私。到底還是為了種族的長久延續，所以才會產生『道德』這個規則。像是，『老吾老以及人之老，幼吾幼以及人之幼』。就自我生存來說，似乎沒有什麼意義。但是種族需要老人的智慧，需要幼童來延續種族的未來。所以必須社會化這種『道德』，並且培養『悲憫』這種感情。」

「這都是為了種族的延續。甚至連『公平』、『正義』也不例外，只是為了消弭不必要的種族內耗所產生的機制罷了。」

「只是啊，玄尊者。此界文明已經發展至此，人類已經完全相信公平和正義。所以對不公不義格外的不能忍。生前不能忍，死後更不能忍。」

尤其，這是個鬼魂乃人類另一種形態的世界。

黑貓啞然，垂首嘆氣。「何苦呢？羅？這又是何苦。既然妳都能想得如此明白……何必費力不討好啊。」

這是多大的工程到底。讓玩弄法律錢權即無所畏懼的世界，重新重視道德……或說相信，的確有「天譴」的存在，有所忌憚。

能多傻才會想幹這種愚公移山的蠢事。

「行萬里始於足下。」準人瑞笑得甜多了，「說起來都怪我國小老師太盡責。害我完全相信公平正義，長大發現真相也來不及了。所以說小孩子的教育真是太重要了。」

相信我。黑貓默默的想。妳的老師教出妳這樣的學生也很糾結，不知道該欣慰還是該吐血真的。

變態尤盛文離開了這個城市，道士似乎也跟著他走了。

準人瑞依舊留在這裡。在實力還不足以輾壓之前，她不會缺心眼的上去死纏爛打。一直都是這樣，潛伏、累積實力、一擊必殺。

於是這城市原本逍遙法外的罪犯遭大殃。只是順序問題，沒有人能逃離「天譴」。只用了一年，Ｔｆｆ序號前三十一都已經伏誅。唯恐天下不亂的記者還給她取了個「死亡天譴者」的綽號，做了許多猜測，每個都無敵扯。

此界的警察也不是無能之輩，到序號第四就發現了。原本是想立刻移除Ｔｆｆ，最後改變了主意，在序號五的檔案夾裡放了個文字檔，希望和準人瑞談談。

唔，是希望「談談」的時候，循跡將她逮住吧？警察也是辛苦了。

留下連絡方式的警員，當天晚上發現他的word自動開啟，上面出現了一行字，

「Tff。談談？」

一整個資訊室奔走相告，能用的手段都用上了，只求能鎖定「天譴者」。

緊張得滿手汗的警員打字，「請問你是誰？」

「Ghost。」

警察面面相覷，「這是什麼意思？代號？組織？不管了，多跟他拖點時間！」

警員點頭，繼續打字，「這是代號還組織？」

「都不是。我就是一個鬼……難道你不懂英文？我以為這不算生字。」

……最少可以肯定，這個自以為超人的反社會者有張非常毒的嘴。

「所以是你照著Tff的序號一個個的殺死疑犯嗎？」

「呵。警官，我們要講求證據，科學的證據。」

「科學的證據就是每個犯案現場都出現『天譴』二字，犯罪簽名，是嗎？」

「不是。那是真正的『天譴』。警官，我願意聯繫你們只是想說，不要浪費無謂

的警力了。人民需要你們，社會需要你們，那些罪有應得的死者已經去了他們該去的地方，不需要你們花心思了。」

「就這樣。再見。」

談話終止，但是偵查沒有終止。無疑的，電腦被遠端遙控。凡行過必留下痕跡，網路也是如此。

但是集中警界最尖端的網路高手和特編的駭客，最後卻查到微軟那邊去了。

不明白是怎麼做到的……總之，他利用了自動更新，替電腦更新了個遠端遙控程式，而線索就斷在微軟那兒。

讓警察頭疼的是，「Ghost」非常不客氣，三不五時就侵門踏戶，大剌剌的把一些案件線索直接駭到那位小警員的電腦裡，連拒絕的機會都不給。

雖然不願意接受反社會分子的幫助，但是被逼得要跳樓的刑警還是會在夜黑風高的時候，悄悄的問小警員有沒有什麼可以「聊聊」的。

準人瑞根本不在乎警察的焦頭爛額。成立專案組那天她都笑了。

與其追查一個不可能被人類法律約束的鬼，還不如省下時間多辦幾個案子，這才是她願意聊聊，甚至提供一些線索的主因。

自從她開始實施天譴，已經很有一些受害苦主來追隨她了。更有一些求助無門的怨鬼來「報案」……五十年以上的修煉期實在太漫長，等不了了。

準人瑞自己都必須核實證據才下手，哪可能聽怨鬼哭幾句就腦門發熱的衝上去殺人。總是必須要講求證據的，跟警方互助互利是最省事的。

有的鬼能接受，甚至還能幫點類似偵查的小忙。有的鬼不能，甚至把怒氣轉移到準人瑞身上。畢竟要殺人必須有個漫長的修煉期才辦得到，鬼和鬼之間相殺那就無須這麼麻煩了……

對鬼一直很和藹可親的準人瑞，躲開一個女鬼的偷襲。心平氣和的抓住女鬼的頭髮，一面往牆上掄一面問她冷靜點了沒有。

女鬼在回答她之前，已經掄散了。需要十天半個月才能把自己拼回來。

「我肯受理是我好心，不是我活該，對嗎？」她對著圍觀的鬼魂說，「我講求證據也是為了不發生冤案，相信各位都知道什麼是感同身受，對嗎？」

這時候也不會有鬼敢說不對。

「羅，妳也太小心了。不用為他們做這麼多呀。」黑貓悶悶的說。

「其實冤鬼也會弄錯的。大半的人，生得糊塗死得也糊塗。有的鬼呢，只想隨便抓個最看不順眼的報仇，氣順了就好。也有的呢，把我當傻瓜，掉兩滴馬尿就拿我當槍使。」

「我都知道。」

「如果我會被這樣唬弄過去，就白瞎了經過這麼久的歲月了。」

黑貓沒說話。

後來準人瑞把來報恩的追隨者交給黑貓管理，黑貓還跟她一起翻了一晚上的規章，確定在鑽漏洞……黑貓還是幫她鑽了。

羅很危險。真的很危險，各種意義的危險。但看她勉強自己做不合適的事情……就會看不下去。

「妳搶著把她未來的事情都做了。」黑貓抱怨，「閻羅王還沒有，妳就在搭閻羅殿的架構了！羅妳真不是管理者的料真的！」

「這不是有你嗎？」準人瑞閒閒的敲著鍵盤。

該不會是，被吃定了吧？黑貓含著淚想著。

＊　＊　＊

不管警方高不高興，樂不樂意，果然如準人瑞所料，還是屈服於現實，非正規的合作起來。

黑貓不但訓練著追隨者，順便連報案都管了。平心而論，他的確是個非常有能力的上司，威壓甚重，眾鬼無不臣服。

準人瑞算是從瑣事中解脫出來，從事她最喜歡的簡單粗暴。

某天，她處理了一個虐待動物的混帳。總之，這混帳一輩子別想脫離惡夢了，他怎麼虐殺動物，夢裡就得親自享受一下如何被虐殺。

心情不錯的離開，經過一個垃圾桶，聽到一聲微弱的呼救。

她走過去。因為，那個小生物應該是不能活了。

但是離了幾百公尺，小生物都沒有放棄呼救。

所以她停下，又走了回去，打開垃圾桶。那是一隻只剩下半口氣，毛茸茸的小雞。照這嚴重到不行的傷勢，應該是被小孩子玩壞了。

說真話，她真希望父母稍微負責點，該吊打的時候就吊打，別讓那些小破孩為所欲為，長大成為更毫無忌憚的混帳東西。

皺著眉將小雞捧起來，準人瑞嘆氣。這是隻小公雞。

公雞至陽至剛，啼破萬暗迎晨曉，鬼物大忌。

「讓鬼養大，這公雞還能要嗎？」準人瑞感到有點頭疼。

準人瑞將垂危的小雞取名為卯日。

這是二十八星宿中的卯日雞，是天下雞的本命。先取個貴名壓命，這是以毒攻毒的法子。

的確是搶到急救的時間，終究準人瑞不是獸醫，剛破殼沒多久的小雞又非常脆弱，百般救治還是即將一命嗚呼。

不得已，準人瑞動用了自己的靈魂本源救了卯日。這招是第一個任務時，還什麼都不懂莽撞的替林大小姐的頸傷縫合，用的就是自己的魂魄。

那次有多吃力，這次就有多吃力。上回還在人身裡涵養，這次乾脆是鬼了，涵養艱難。為了這隻小雞她大病了一個禮拜多，之後也病歪歪了半年有餘。

這還是公子青依舊對她開放靈泉溫養的結果。

為什麼準人瑞很少發這種爛好心呢？生死之間有大恐怖，但是逆轉生死是大號的恐怖……對準人瑞來說特恐怖。

你也可以說她心腸冷硬了。這也沒辦法，經過十來個任務的淬煉，她的眼界硬拔高到一個超然的角度。舉手之勞當然沒問題，但是盡力後就不再介懷。

她會一反常態的硬將小公雞救下來，是因為這隻小雞身上有微薄到近乎於無的，天道的氣息。

天道自有安排。只是不知道是什麼樣的安排而已。

但是半年後，她勉強將自己養好了，卻懷疑起自己是否錯覺，這隻死雞根本沒有什麼安排。

是的，卯日非常靈性，畢竟他還有少許準人瑞的靈魂本源——不是鬼體，是最基本的本源。

他聰明，幾乎有三、四歲小孩的智商，能聽得懂大部分的人話。更難能可貴的是，在鬼窩裡長大，依舊至陽至剛，幾乎沒有一個鬼魂敢靠近他，讓他神氣得囂張跋扈……對準人瑞卻意外的諂媚巴結，超級識時務。

但是他半夜三點半就開始雞鳴。那時候正是準人瑞睡得最熟的時候。

畢竟她只是服從此界規則，分類於鬼魂，事實上她還真不是。她晚上的時候還是要睡覺的，哪怕睡得晚點，一、兩點才上床。

所以準人瑞鬧鐘消耗得很凶……睏到眼睛都張不開時，手邊有什麼扔什麼，鬧鐘總是最近的那一個。

卯日會消停下來……幾分鐘。等準人瑞迷迷糊糊睡著時，他又開始練習打鳴。

準人瑞消耗了一打鬧鐘後，憤怒的鄰居再不受恐怖鬼氣的影響，拚命敲門想殺雞，準人瑞正視了這個問題。

鬼口越來越多，真不適合繼續住在城市的套房裡。但搬家也不是一蹴可幾的，她還是得先處理了卯日。

於是卯日驚喜的發現，他可以跟主人一起睡了……然後才發現，這根本不是什麼好事。

因為他練習打鳴時，主人不再用鬧鐘扔他，而是乾脆的將他一把拎過被窩，很危險的將手虛掐在喉嚨上。

打鳴的本能和可能的死亡，即使是被鬼親養的雞，還是硬把本能憋下去。

後來他成了一隻早上九點半才打鳴的公雞。因為那才是準人瑞起床的時間。

「嗯，唔，」在鬧得最凶的時候，黑貓支支吾吾的說，「寬容點吧……妳知道的，他大概，可能，跟『那邊』有點關係。」

「哪怕跟大道之初的頭子有關係，妨礙我睡覺就是死罪。」準人瑞語氣很淡的說。

然後就看著準人瑞暴力馴雞。

實在不能怪我怕她。黑貓想。不是我方太孱弱，只怪敵方太殘暴。

這隻二貨雞也算好膽了，完全不害怕下鍋呢。晚上差點被掐死，白天就完全忘光，以為自己是老鷹的飛到羅的肩膀上，撒著嬌兒跟著出門。

二貨，瞧瞧你的個頭好吧？五大三粗雄糾糾氣昂昂一隻五彩大公雞，自以為還很嫩的滾著撒嬌兒……雞皮疙瘩都產生一斤了好吧？

……而且那是我的位置吧!!有沒有點敬老的觀念?!

事實上，沒有。長大的卯日雞囂張得敢跟玄尊者打架。

準人瑞不得不把他們倆都掄牆讓他們冷靜點，後來煩到不准任何人（貓或雞）坐在肩膀上。

她深深感覺到家裡人口（寵口？）太多的煩惱。

想到預備搬去的獨棟別墅離公子青的靈泉很近……覺得頭痛又深了一層。

結果，一直生活在都市的卯日，一接觸到大自然，立刻受到野性的呼喚……成為一隻只回家睡覺的放山雞，其他時候都滿山瘋跑。

至於公子青，除了擁有蛟蛇蛻的準人瑞，幾百年道行的他可是相當高冷的，哪會去理會一隻一歲不到的小雞。

雖然那隻小雞很白目，白目到試圖啄他。但他也只是冷淡的用尾巴將小雞拍在樹上，甚至沒傷小雞性命。終究那是羅鬼仙養的……或許將來想當座騎？這點胸襟公子青還是有的。

白目小雞別的沒有，眼色倒是很會看。後來他就不去惹公子青，之後連黑貓都不惹了。柿子挑軟的捏連一隻雞都懂，滿山軟柿子何必去惹不好啃的黑貓，還得被主人掄牆。

於是滿山的動物都倒楣了。這隻凶殘的雞到處打架消耗過多的精力，打贏了會飛到樹枝「喔窩窩」的高鳴勝利。打輸了就飛，雖然飛不遠終究很難追，快追到了卻已經是公子青的領域，誰能有膽踏入。

準人瑞目睹了幾次，都不想承認那隻白目雞是誰養的。

天道自有深意。但是準人瑞想，他馬的天道的深意你別猜。

外人可不知道準人瑞家雞飛狗（貓？）跳，「天譴者」的形象還是很神祕高大並且詭異中夾雜著一點恐怖的。

但是她的崇拜者真的很有一些，還替她成立了粉絲頁，人氣直逼A市出身的影視小天后。後來還傳說，午夜十二點進粉絲頁，如果怨恨夠深重，天譴者會受理報仇。

嗯，這不是傳說，但也沒那麼誇張啦。這也不是準人瑞原創的點子，算是抄襲了《地獄少女》……可也沒有地獄少女那麼簡單就是了。

事實上，午夜十二點真的有冤難伸的，對之開放的是「天譴派出所」。受理的是網路報案，要填的資料是很長的。

填完資料會定期回報偵查進度，若是現實的罪犯已經得到適當的懲處，不管報案人滿不滿意，一律結案。如果罪犯的懲處太輕或者被恐龍法官輕判，「天譴派出所」才會介入。

若不是身邊已經聚集了許多鬼魂，鬼手充足，還真沒辦法這麼幹。再者，一個既是鬼魂又具備符籙知識，並且還是個高端駭客的鬼，真的僅此一位別無分號。就是有準人瑞這樣極度不科學的鬼，才能搞出這個網路上的「天譴派出所」。

和她非正式合作的A市警方欲哭無淚卻束手無策。但是A市超高的犯罪率因此暴跌，尤其是謀殺案，跌到個位數，簡直是三十年來的最低，連「精神病患」都不殺人了，非常不可思議。

準人瑞卻覺得很正常。

這是很簡單的數學問題，關於犯罪成本。犯罪成本極低，那當然不需要自制力，任性妄為即可。犯罪成本高到幾乎沒有倖免的可能，自制力當然會長出來。

剩下的就是一些激情殺人，那才是需要斟酌可不可教化的案件。

她一直覺得普世對死刑的看法不對。死刑並不是為了公平正義，別傻了。真為了公平正義，死刑犯應該配發去當人體實驗物，榨取他們剩餘的價值彌補對社會的創傷和危害。

死刑是為了要將危險的罪犯永遠隔絕於社會。這些罪犯危險到必須褫奪人類身分，他們活著就可能製造更多命案，這是不許可的，嚴重威脅種族延續原則的。

什麼死刑不及精神病患，沒這回事。只要威脅到生物法則都必須永遠隔絕於社會，甚至不能將他們押去當人體實驗物，因為這也有脫逃可能。

唯一永隔的辦法，只有死刑。

而死刑，更有教化的功能。必須讓那些內心藏著惡魔蠢蠢欲動的人類，了解犯罪成本高到什麼程度，才能嚇阻他們的衝動。

有個罪犯死後魂魄被拘在葫蘆裡受刑，對著準人瑞咆哮，「妳既非王法又非天道，有什麼資格制裁我?!」

準人瑞平靜的檢查葫蘆上的五岳符，「同樣的，你既非王法也非天道，憑什麼愛殺誰就殺誰？等你想好怎麼解釋你謀殺同類的罪孽，我考慮看看要不要回答你。」

「誰讓他們看不起我？看不起我就該死！我有嚴重精神分裂我還吸毒！王法都不能對我怎麼樣……」

準人瑞發笑，「我是不吸毒。但我生前有些黑粉最喜歡說我腦子病得不輕。再者，我就是看不起你呀，超級看不起。照你的邏輯，我殺你超合理的不是？」

她又多貼了一張五岳符，世界安靜了。

讓她管理死刑犯還有個好處。拘魂管理比監獄管理便宜太多了。社會資源很有限，她真不希望那些人渣繼續浪費社會資源。

有身分證（假）的準人瑞賣了一個防毒軟體，雖然非常低調，還是足以買下獨棟別墅和周圍的土地……包含了公子青的領域和靈泉。

能夠用極低廉的價格買下，那自然是因為這附近鬧鬼鬧得非常厲害，以致於她買下時找不到任何一家裝潢公司願意上工。

她不得不瞎掰自己是個「天師」，還露了一手。結果被忽悠飽了的裝潢公司立刻來上工，保質保量，盡心盡力，只求能跟「天師」打好關係，給個平安符、辟邪符之類的。

這倒不難。為難的是，讓一個鬼給辟邪符，這個立場到底是……？據說很有用。那當然，不說辟邪符原本的功效，就是準人瑞留在上面的氣息……解鎖到現在，準人瑞好歹也是個鬼王水準，舉世能和她抗衡的鬼魂是個位數好不好？

此是別話。

總之，裝潢公司很給力，連地下室都達到最佳效果，為啥一個地下室得隔音隔塵到這種地步，裝潢公司上下都沒有絲毫懷疑。

天師嘛，說不定還要閉關什麼的，當然得隔音防火防盜防止走火入魔啊。

準人瑞還沒開始忽悠，人家都替她找好理由了你看看。

一直很忙的黑貓直到入住半個月才發現這個看起來似乎很眼熟的地下室，他都快崩潰了。

「羅！虐殺這是個壞習慣，不好！大道之初絕對不鼓勵這種行為……」

「才不是。」準人瑞閒淡的說，「只是以牙還牙、以眼還眼……稍微嚴重一點的體罰，而已。」

「妳為什麼不乾脆說這樣妳才爽？這還比較值得相信！」黑貓痛心疾首。

準人瑞從善如流，「是，這樣我才爽。行嗎？」

黑貓眼眶溼潤了。都是折騰殷樂陽那混帳東西，將羅引誘得這麼壞！

一直沒有動靜的許夢槐突然怯怯的觸碰準人瑞的情緒。準人瑞的心情一下子低落很多。

這孩子還是動物狀態。和她溝通的方式不是語言，而是像她用蟬鳴領域控制的蜘蛛或螞蟻那般，用情緒渲染。

她安撫著依舊四腳著地蹲伏著的許夢槐，「是，這是為了尤盛文準備的。他必須付出慘痛的代價，不能只是死亡。」

好一會兒許夢槐才聽懂，她呆了好一會兒，才顫抖的呻吟，哭泣，然後咆哮，一聲又一聲，一聲又一聲。

終於對外界有反應了。

也是從這天起，她開始凝聚「皮膚」。

此界的鬼魂是這樣的。頭七之前，什麼都看不到他，他也看不到任何生物，就是有個安全期能夠凝聚一層保護膜，沒有這層「皮膚」，鬼魂無法抵抗人間陽氣，日日會宛如活剮一般。

完全瘋掉的許夢槐沒能凝結這層皮膚。直到現在，才慢慢的長出來。

就算先喚醒的是仇恨也沒關係。最少是個開始。

等將Tff檔案完全清完，許夢槐清醒的時候比較多了，清醒的程度也比較深。現在她能暫時的用兩腳站立，雖然還是痴傻，可已經是非常大的進步了。

畢竟是在原版中成為第一任閻羅王的人。能夠堅持幾百年復仇到底，在身邊聚集舉世所有鬼魂的最強鬼王。

即使是完全瘋掉，還是本能的感同身受，公平正義獲得伸張時，她的喜悅是那麼的激昂而豐盈。

果然還是合拍的原主比較好。這樣為之努力的時候，才會感覺到充滿動力。

滿月陰氣最純淨的時候，準人瑞會將許夢槐放出來，牽著她去靈泉找公子青喝茶。大概是害怕人類，尤其是男人，反而對動物有好感。在公子青身邊時，許夢槐都很平靜。她也不怕黑貓，連應該害怕的卯日，都表現了相當的和善。

「我就是為她來的。」準人瑞對公子青說。

公子青輕輕啊了一聲，同情的點點頭。「人類術士總是特別可怕。」

「是個道士。」準人瑞糾正。

公子青嗤了一聲，「那等詭徒哪有資格稱『道』？渣滓一隻。別侮了吾等遵道修行的妖怪。跟他師父一樣垃圾，他師父殺了條病龍，以為吞服如意寶珠可以成魔龍……結果只成龍一息就暴體而亡了。那個詭徒將他師父化龍的屍體碎剮帶走，還不死心，拿同類做實驗呢。」

……這段閒聊的資訊量太大了。

「做什麼實驗你知道嗎？」準人瑞追問。

「我知道得不是很清楚……」

準人瑞失望了，公子青又說，「我只知道A市那幾個人類的小崽子。太稀奇了，我們幾個同道……妖怪同道組團去看過希罕了。」

「…………」

看著許夢槐四腳著地的邊笑邊追著卯日跑遠了，公子青才說了「奇聞」。

至於手術詳細，請參照《肉蒲團》。總之就是將化龍失敗的殘片「種」到看廣告找上門的尤盛文身上，效果非常顯著，簡直是一瞑大一寸。於是吃好道相報，推薦同寢的同學一起去動了這個無痛的微創小手術。

只是後來的副作用他們無法承受而已。

畢竟人類不是驢子，陰莖的長度是有極限的。暴漲到三十公分已經無處再生長，於是從尾椎爆出來，而且還不只一條。

這就是所謂「觸手」、「尾巴」的真相。

他們不敢就醫，怕被送到實驗室切切割割。急著尋找神祕的「醫生」，卻人去樓空——那時道士去回收另一個城市失敗爆體的實驗品，剛好錯過。

但如果只是這樣，還能夠等，是吧？

很不幸不是爆出「觸手尾巴」這麼簡單。欲望也暴漲許多倍。那麼多條也擼不過來吧大概……於是只好外出作案。

結果出師不利，還沒得手就被發現了。他們一起逃跑回宿舍，毫無辦法的相互幫助，總算是熬過這波欲潮，筋疲力盡的睡著了。

當中一個特別有潔癖的忍受不了這種龐大的壓力，將所有睡著的同學都摀著嘴刺死了，唯一逃過的只有睡不著悄悄去找「醫生」的尤盛文。

「居然會想種在那裡。」公子青搖頭，「龍性本淫啊，還是個化魔龍失敗的人類，淫上加淫。這些小崽子是怎麼回事啊？命根子也敢隨便動刀，該說佩服嗎？真不懂長短有什麼好計較的，難道他們的目的不是繁衍，而是想將雌性胃穿孔？」

準人瑞無言以對。

良久才悶悶的說，「我也不懂。呃，我是女性……雌性。」

「羅尊不會那麼弱智，我懂的。」公子青溫和的笑。

……人類被蛇這麼吐槽，同感蒙羞的她都不知道如何是好。

準人瑞扶額良久。之後的事情公子青沒有繼續追蹤……那當然，看完希罕就回來了，弱智有什麼好追蹤。但是之後的事情光想也拼湊得八九不離十了。

尤盛文應該是跟道士碰過頭了，可能不歡而散……而且道士可能很傲嬌的搞失蹤。於是到處亂竄找解決方法的尤盛文，一面追查「醫生」，一面到處強暴並殺害女人。

許夢槐就是不幸遇害的受害人之一。

而傲嬌到病態的道士充滿愛意的默默替尤盛文掃尾，順便將死者煉成魔頭並且毀屍滅跡。要不然尤盛文早就被警察揪出來，判上十個八個死刑……或者在中科院之類的機構切切割割了。

不能擱置不管了。

雖然她並不想同時碰上兩個變態，這不是沒有選擇麼？

她問黑貓，「戰力評估上，我能完勝那兩個變態嗎？」

黑貓真不想回答，順便以頭搶地。

「……沒有必要跟他們拚輸贏好不好?!」黑貓要哭了。然後可惡的羅硬讓他讀心。影像太可怕了，心腸其實很柔軟的黑貓受不住。

「除非，那條青蛇願意幫忙，還帶上那隻二貨雞。」黑貓有些自暴自棄的說，「那王八道士不足為慮，但是他擁有一卡車的魔頭。羅，不要小看魔頭。萬一被污染了，即使是妳也需要好幾個天文數字的積分才能清洗。」

準人瑞遲疑了。她自己怎麼拚都無所謂，畢竟她的各種死亡都不是真正的死亡，公子青可只有一條命，他修到這程度不容易。

「這怎麼會是問題？」公子青不滿，「磨礪道心就是要迎難而上。我守著靈泉守太久了，難怪遲遲不能化形。若是怕死就不要修煉……老死山林不是我的心願。」

「……讓我想想。」

最後準人瑞買了一輛越野車，將一家大小連公子青帶著走了。

當然，現在的她能縱狂風飛行，順便將黑貓、卯日、公子青捲包帶走都可以……然後到地累得要死，鬥法的勝率遠遠下降一大階……她看起來有這麼傻嗎？

縱狂風沒有比開車快，除了比較帥以外。

她早過了為了要帥不要命的中二期。

黑貓沮喪的表示，他並不是全知全能的……跟魔沾邊的玩意兒他就會失靈。

準人瑞表示諒解，早習慣玄尊者關鍵時刻掉鏈子。

她偷偷去了警局「拿」了一點證物。警方查案還是很嚴謹的，在宿舍案發生的時候，也收集到一些尤盛文的毛髮。

這點毛髮想咒死尤盛文還差點意思，但是想占卜他所在方向就綽綽有餘。

其實搭飛機比較快……但她不知道要怎麼將卯日和公子青帶上飛機。問題不是瞞不瞞得住活人……公子青就算能淡定搭機，但是她沒把握讓卯日那二貨乖乖待著。

此界該國的首都有兩千萬人口，規模堪比一個台灣。

尤盛文流竄到此，宛如一滴黑水落入海裡，跟銷聲匿跡沒兩樣。

在A市的時候，準人瑞也收到不少來自首都的請求，只是暫時擱置罷了。她相信天下事是管不完的，想要發大願，那還是耐住性子，一步步將基礎打穩才最實在。

首都最急切的請求是，數量暴增的女性失蹤案。生不見人、死不見屍，遍布全首都的官方監視器幾乎是關鍵畫面就會呈現雪花狀。

「那變態恐怕不是妖化而已，也在魔化中了。」黑貓凝重的說。

「哦。」準人瑞點點頭，「懂了。強烈靈騷現象，干擾到電子儀器了。」

只是，真奇怪。有那麼多「觸手尾巴」，還能大大方方的在外行走嗎？干擾電子儀器能了解，但一點修煉知識都不懂，能干擾人類的認知……比方說忽視尾巴？

對了。照屍檢來說，並沒有提及尾巴，只提到手術痕跡。

「喔，那不是尾巴……好吧，人類總是比較含蓄我懂。」公子青諒解，「那是可以收起來的。一開始大概是不知道怎麼收吧？現在應該是懂了。」

所有人（？）都注視著公子青，他有點莫名其妙，「蛇、蛟、龍之屬都是這樣……你們不知道？」然後有點害羞的說，「我那兩根不能給你們看……你們不是母蛇。而且我很挑剔的，幾百年都沒遇到我心儀的對象。」

所有人（？）又默默將頭轉回去，沒人想接腔。

蛇蛟龍之屬真是神祕莫測……連命根子都不只有一根。

占卜和駭客雙管齊下，很快的鎖定了尤盛文。雖說懷疑他妖化額外魔化，但是除了氣質陰暗了點，外觀還是純人類，沒有什麼特別。

但是他身上有股很淡的香氣。有些像是龍涎香或麝香。對他們這幫人沒有影響，但對人類女性似乎有致命的吸引力。

很快的就有個辣妹掛在他臂彎上，準備一起走了。

什麼都來不及，準人瑞立馬拔槍。尤盛文像是背後長了眼睛，立刻一躲避開了要害，正要拖辣妹來當肉盾，一隻大公雞發出喔咯咯的叫聲，飛撲過來，利爪尖嘴毫不客氣的往臉上招呼，差點將眼珠子抓出來。

尤盛文如遭雷擊。

他自從變成怪物之後，皮膚越發堅硬，藍波刀只能留下淡淡的白痕。但是這隻土得要命的公雞卻將他傷得鮮血淋漓。

準人瑞將不斷尖叫的辣妹甩到一旁，正要上前扣押，公子青大喝，「後退！」黑暗中竄出無數長髮，準人瑞險險閃過，卻將卯日纏個正著。公子青額間冒出白晝般的銀光，讓那些長髮發出淒厲的哀號消逝，才將卯日拖了出來。

「這雞太小了。」公子青抱怨，「快走！」

使盡百寶縱狂風出首都，才勉強擺脫了與黑暗融為一體，烏鴉鴉的魔頭潮。

「這傢伙造了多少孽啊。」公子青驚嘆，「十萬不到，五、六萬總有吧？末法的人類法治時代……這傢伙怎麼辦到的？」

「應該是收集了相當的時間。」準人瑞沉下臉，「相信尤盛文貢獻了幾百吧。」

她的臉和手臂都火辣辣的，像是強烈過敏一般紅腫。要知道，她根本沒近身，只是魔氣蒸騰就有這麼大反應。

說起來，卯日才是親密接觸的那一個。但他除了掉了點羽毛，被勒得有點瘀血，竟然沒有大傷。

「這小雞如果有十歲就好了。」公子青嘆息，「天時地利人和下，他一隻可以幹掉他們全部。」

公子青也有點掉鱗片，坑坑巴巴的看起來怵目驚心。

「……抱歉。」準人瑞說。

「沒事兒。」公子青滿不在乎，「皮外傷，蛻次皮就沒事了。」

他們在市郊找了個山洞暫時住下……因為公子青要蛻皮。

黑貓看著準人瑞抱著卯日不說話，擔心她受挫心情不好……一直以來，羅可說是順風順水，很少遭受挫折的。

「幹嘛？」準人瑞摸了摸黑貓的頭，「探出虛實了不是？哎，道士對變態是真愛啊。暗中保護到底……保護變態姦殺女人。這種愛真是太深沉。」

她笑了笑，只是笑意非常霜寒，「這就簡單多了。」

如驚弓之鳥的尤盛文養好了槍傷……子彈碎片從傷口「擠」出來以後，沒兩天就養好了。

那個女人到底是誰？帶著公雞、蛇和虎紋貓（？）的女人？私家偵探？特務？絕對不是警察。雖然不明白，但他身後似乎有個「神祕房東」幫他收拾，連屍體都沒有，警察拿他沒有辦法。

其實他不只一次被盤查，最後還不是無罪釋放。

那女人是怎麼回事？黑暗裡湧出的那些長頭髮是怎麼回事？

他非常焦躁，焦躁得無法排解，焦躁得……想再殺三、五個女人。

最後他還是出門挑選獵物。沒走出多遠，有個看似喝醉的女人走到他身邊，顛顛倒倒的抓著他胳臂以穩住身形。

很好。沒有公雞、蛇，和虎紋貓（？）。

但是她抬頭時，尤盛文的驚恐卻瞬間升到最高點。

他記得每一個殺死的女人。他為她們拍照，剪下頭髮，有一大本相簿是他的功勳簿，時時回味。

他甚至記得她叫做許夢槐。她的夢想是去巴黎學彩妝，申請好了學校，秋天就要出國了。他最愉快的就是，撕碎這些賤貨的夢想，讓她們再沒有未來。

「……妳死了。妳早就死了！這世界上沒有鬼，沒有！」尤盛文用力一推，卻什麼也沒推到……

有人從背後掐住後頸，力氣應該不大，卻覺得眼前一黑。

只是很快的，對方鬆手了。黑暗中無數的長頭髮出現了，滾滾滔滔如浪潮般追逐著「許夢槐」而去，她回頭對尤盛文冷冷一笑，便逃跑了。

尤盛文全身都冒出冷汗，好像從水裡撈出來似的。他趴在地上大口的喘息，一聲貓叫就讓他跳了起來，慌不擇路的逃跑，拚命逃跑。

不可能。道士對自己說。絕對不可能。

這女人死了，是他親手化成屍油的。雖然拘魂不來……但也不可能這樣。

像現在，活著，和魔頭潮周旋，且戰且退。應該無敵的魔氣對她的侵染卻很慢，非常慢。

快被她引到龍脈處了。

道士若能謹慎行事，其實沒什麼人想特意針對他……但是他膽敢讓魔氣污了龍脈，那事情就大鑊了。

將被群起而攻，將無容身之處。

他不得不親自出手。

追了幾百里好不容易將這個難纏的女人解決掉……她又毫髮無傷的出現。打也不正經打，逃也不正經逃，讓道士難得的勾起心火，將她碎屍萬段。

此時離首都已經相距千里了。

然而，他和尤盛文的感應突然斷絕，怎麼都連不上。

……調虎離山。

他發狂的到處找尋，尤盛文卻像是消失在這片大地之上，一點蹤跡也追尋不到。

大道之初的產品皆是精品，品質有絕對的保證。

哪怕是充氣娃娃都是如此。

便攜式鈕釦型充氣娃娃，能夠用魂魄攜帶，自動生成生化人，只擁有本能。一個任務只能使用一個……除非損壞了，才能啟動下一個。

之前準人瑞只是買來備用，沒想到卻在這個時候用上了。

事實上，沒人這麼用的……真想玩分身有更堅固耐用的生化傀儡，可以用精神或法術遠端遙控，並且可以重複使用……當然價格也非常高入雲霄。

充氣娃娃的功能就是，避免以身飼虎而已，並不包括精神或法術遙控……最少沒人開這種腦洞。

但此界的準人瑞身分是什麼？她就是一個鬼。鬼魂修煉到厲鬼就有附身天賦，何況現在形同鬼王的準人瑞。

講白了，充氣娃娃就是沒有魂魄只有本能反應的肉體，照大道之初的規則，屬於該界事主的複製體，準人瑞的附身可以說是嚴絲合縫，一點違和都不會有……甚至不用全魂投入，只要一根頭髮絲般附著的意念就足以遠端操控了。

這和玄尊者能夠分身八百萬有異曲同工之妙，黑貓也的確提點過。

所以將尤盛文和道士都嚇出點毛病的，不過是個準人瑞遠端附身的充氣娃娃。能夠死一個再出現一個，也不過是隨身攜帶著另外兩個鈕釦大小、備用的充氣娃娃罷了。

那點魔氣想侵蝕大道之初的精品，真的還滿拚的。

但因為道士不知道，所以被調虎離山了。

尤盛文還是給他們造成了小小的麻煩。

原本一切都很順利。準人瑞坐在車裡遠端操控充氣娃娃，黑貓恐嚇驚嚇尤盛文，讓他按路線逃跑。

但是這個殺了幾百女人的變態，卻有顆玻璃心，不堪負荷產生無數裂痕。機緣巧合下，化為龍頭人身的怪物，並且將封禁打破，導致出現在大街上。

有路人尖叫逃跑，但更多路人拿出手機以為是拍片。失去理智的怪物，滿心只有毀滅與殺意，發出一聲讓汽車警報器齊齊長鳴的咆哮，就要大開殺戒。

「人類。」公子青很不爽，衝著尤盛文吼，「半吊子閉嘴！」

他舞騰於空，額間的光紋擰成獨角，長吟悠遠，宛如低音炮般，所有聽到的人類都如痴如醉的呆立。化為怪物的尤盛文更慘，他整個倒在地上痙攣，根根汗毛豎立。

原本收得好好的「觸手尾巴」通通衝出體外，卻軟綿綿的癱著，並且流出可疑的液體。

「噁。」黑貓實在受不了，大腳一踢非常神準的將他踢入一里外的後車廂。

老子認了。黑貓自暴自棄。讓老子跟這玩意兒同車是對老子的侮辱。恩賜後車廂已經是佛心來著的……Boss要關小黑屋還是變白貓都無所謂，別讓老子再多看他一眼。

準人瑞還在對戰狀態，最後是黑貓開的車。

咳出幾串黑煙喉嚨很乾的公子青，沙啞的叫卯日蹲在後車廂的方位，啼足了九九八十一聲，滌蕩一切魔氣，讓道士真正的抓瞎。

準人瑞抽回意念後，有點可惜白丟了一個鈕釦型充氣娃娃，但是結果非常滿意了。

難怪玄尊者說要帶上公子青和卯日。她沒算到尤盛文會化成半龍怪物，幸好公子青和卯日為她補足了缺漏，不然真要功虧一簣了。

「公子青太厲害了。」她讚嘆。

他不太好意思的笑笑，「都是祖上遺澤……聽聞祖上有龍的血緣，似虯獨角。我只是有點返祖現象……嚇嚇半吊子還行，其他還差得遠呢。」

……沒想到偶遇的蛇也有這麼大的來頭。這真的是「偶遇」嗎？天道您老人家要不要下來聊聊？

對這世道有多不滿啊您？

尤盛文清醒的時候已經恢復人形。畢竟他只是一時驚恐突然化形，跟某種貓頭鷹受到驚嚇會大變樣差不多……還不足以一直維持龍首人身的模樣，離化為魔龍也差得遠。

只是他趴在一張手術台上，四肢被捆死，脖子也被固定，動都不能動。

但是他空懸朝下的臉正好對著一個平板電腦，直播他看不見的角度。他的觸手尾巴根根僵直的固定著，既不能動，也縮不回去。

那個女人，槍擊他的女人，正滿臉厭惡的戴橡皮手套。

「……幹什麼？妳想幹什麼賤貨！他馬的信不信我X死妳破鞋！我非……」

那女人冷漠的像是片香腸一樣，將他一根「觸手尾巴」切下一小片肉。

「住手！」他慘叫，涕淚四溢，「快住手！」

那可不是真的尾巴，那也是他當中的一個命根子！

「被你姦殺的女人一定也喊過『住手』。」準人瑞的聲音很輕柔，「你住手了嗎？」

然後她又斜切了一小片。

尤盛文慘叫，拚命想踩腳掙扎，可惜被綁得太緊了。還沒切完一根「尾巴」，他已經厥過去了。

沒事兒，扎幾針就清醒了。

「你以為我願意呀？」準人瑞嘆氣，「我戴了三層的手套，處理骯髒噁心的孽根我也很委屈好嗎？」她手下不停，刀功極為優秀，每片幾乎大小一致。「但你殺了三百五十七個女人。光死亡無法消除你的罪孽。」

「好好享受吧。」

其實對他還是太仁慈。這些觸手塞入被害者所有能塞的地方，造成撕裂傷，甚至破壞內臟，卻一時不死，總要折騰很久才能斷氣。

她實在辦不到，只能輕描淡寫的切切割割。

「殺她們有什麼不對？有什麼不對！」痛到發瘋的尤盛文大吼，「都是她們的錯！都是女人這群崇拜大雞雞賤貨的錯！要不是她們崇拜大雞雞……都是賤人、賤人！就是想幹這些賤人所以我才會上當被騙了！變成怪物都是破鞋害的！殺掉賤貨破麻有什麼不對!!我也一定要殺掉妳，爛貨妳等著……啊!!」

準人瑞面無表情的施展了雷華圓舞曲。雷電從尾巴的傷口灌入，尤盛文因此抽搐昏厥。

「這樣對待你也是的。」她的聲音很平靜，卻平靜得如此危險。「都是你這種垃圾，害我得了仇男癌，看到男人就煩，毀壞我對愛情天真的期待，和人性的信賴。偏偏這種罪行，通常是男人幹出來的……都是你帶累了你的同性，害他們時時要處在被我毀滅的可能裡……你要怎麼跟他們賠罪？吭？怎麼賠罪啊!!」

準人瑞並沒有一次就讓他死，甚至還做了適度的醫療。

那些觸手尾巴很神奇，被割掉還會再生。沒事兒，再割掉就好了。再強的再生力也是需要營養和生機支撐，並且能夠被消耗。

總有一天能夠被割到再也生不出來。

三百五十七條生命。便宜你了，因此你能再活三百五十七天。

除了第一天碎剮，之後準人瑞就煩了。她每天只來執行一次全體宮刑，就不管他了。麾下不收了幾個厲鬼？讓他們去換營養液和鹽水就好了。受驚嚇？關我什麼事。

等第三百五十七天尤盛文被割斷喉管，面目全非的他再也想不起別的，只感到解脫，輕鬆。

但他只慶幸了七天。

因為他發現，死亡不是終點。頭七他的鬼魂就被收入一個小葫蘆裡頭，並且交給了被他殺害的女鬼。

準人瑞會煩，可是恢復神智的許夢槐對處刑一直樂此不疲。

許夢槐的神智早就漸漸清晰，但真正突破還是在捕獲尤盛文時。

準人瑞碎剮尤盛文的時候，她也在場。只是曾經心靈混亂過的她，鬼魂非常弱小、縹緲，連現形都辦不到，更不要說對仇敵造成任何傷害。

被逼急了的她，一直無法言語的她，終於期期艾艾結結巴巴的說出第一句話。

「將、將將將……將他……留、留留給我。」

準人瑞非常乾脆，「行。」

許夢槐旁觀了每日一宮刑。雖然每天看到尤盛文還是會恐懼、發抖，有時會忍不住嚎叫。但她努力克服，那些恐怖又恥辱的惡夢。

一個月後，她含著眼淚，對準人瑞說，「其實他很弱。是我……不夠強。」

準人瑞也沒有安慰她，直言道，「沒錯。但是妳將來會很強，非常強。」

她沉默了一會兒，「請教我。請妳教我。」

這不是很好嗎？準人瑞淡淡的想。若是每個被性侵的女人都有這種志氣，共同抵抗加害者和社會風俗白眼以對的共犯，世界可就乾淨得多了。

有很多人都喜歡叫人放下仇恨。拜託，當然可以輕描淡寫，畢竟壞事又不是發生在你身上，聖他人之母超容易的。

仇恨是一種動力。

復仇的方法不是只有白刀子進紅刀子出這一種。活得比加害者好也是種勝利。如果能正確的駕馭仇恨，這動力能夠讓妳活得更強、更好、更努力。

比方說，許夢槐。因為仇恨她清醒過來，脫離了瘋狂。因為仇恨，她比誰都努力想要變強。因為過往的創傷，她更悲憫同樣創傷的女性，乃至於不同創傷的人。

她會成為第一任的閻羅王不是沒有理由的。

因為她嫉惡如仇。

只有一點可惜，道士銷聲匿跡。

道士有很多化名，公子青說他最早的名字叫做虛渺子。

表面上來看，虛渺子清白無辜，手上沒有多少人命……他做實驗，卻和實驗對象簽下彼此同意的契約，即使因此而死也是雙方同意的。

他只出入醫院、墳場截取人魂，轉化為魔頭。事實上只是轉化不是滅毀，即使從此再無意識。

也就是說，他鑽得一手好漏洞。王法對他沒辦法，天道也拿他沒辦法。

許夢槐很不甘，準人瑞卻很漠然。

「不甘一點用處都沒有。不如好好的加強實力。」準人瑞淡淡的說，「雖然是隻地溝裡的老鼠，卻是很強的溝鼠。他自以為潛伏起來憋大招有用，我們就得讓他瞧瞧是否有用。」

許夢槐心煩的將鍵盤一推，「我不知道這些規章法則能有什麼用處。」

「難道妳想赤膊上陣？姑娘，好好用用妳的腦子。以寡擊眾是逼不得已、莫可奈何時用的險招。能海為什麼不海？玄尊者都替妳搭架子起來了……妳要知道他可是麾下八百萬眾的至高尊者。他都降貴紆尊為妳做了這麼多，這盤子妳接不下來真的太不應該。」

被忽悠瘸了的許夢槐乖乖回去背規章法則，除了自我修煉，還慢慢將黑貓手下的事接了過來。幸好鬼不用睡覺，不然真的會過勞死。

因為天譴派出所已經拓了六個點。每個點都收服了一個厲鬼管理，暫時命為城隍。

公文來往非常先進的用電腦管理，大大減輕天譴總局的負擔。

「天譴派出所」聲名大噪，並且漸漸收到不少願力……跟信仰之力差不多了。這吸引了更多優秀的鬼魂想加入。

其實架構起來，之後就輕鬆了。

準人瑞漸漸放手，專心培養卯日和公子青。

畢竟她培養過公子白，知道功德是個好東西。執行天譴累積功德，一兼兩顧何樂不為。

她在這個世界待了五年……其實已經超時兩年多。畢竟許夢槐的魂魄早涵養好了，只是準人瑞不做聲，黑貓也當作不知道。

半途而廢不是準人瑞的作風。

她走的時候，公子青額間的角已經成了，能夠化形。但是化為人形卻和準人瑞的模樣有七分像，是個男生女相的溫潤青年。

他說，因為他最熟悉的人還是羅仙。

卯日成了一隻文采斑斕的漂亮五彩大公雞，身高超過一公尺了，靈性濃郁，已經可以鎮懾諸邪……只是腦子還是有點二。

「可惜沒逮到虛渺子。」準人瑞很遺憾。

「那是我們該做的事情。」公子青微笑。

「夢槐還很嫩，有空的時候看顧一眼吧。」準人瑞不怎麼放心。

「我會一直看顧他們，放心吧。」公子青承諾。

準人瑞摸了摸傻雞的頭。現在他已經能夠上前線了，是第一戰力。

公子青輕輕的嘆息，遞了條蛇蛻給準人瑞。「羅仙，這是我成為虯蛇的第一次蛻皮。給妳當個紀念吧……」

和這些可愛的蛇，緣分總是很淺。

準人瑞收下來，然後擁抱了公子青。

「……能夠變化人形最好的事情，就是悲傷時可以流淚。」公子青很輕的說。

準人瑞輕輕拍了拍他的背，就和黑貓慢慢的消失了。

然後他發現準人瑞留了一大包的符給他，件件精品，可以用到地老天荒了。

公子青前淚未乾，又流出了新的眼淚。

休息時間

回到房間，準人瑞和黑貓不約而同的呻吟一聲，齊齊倒在床上癱著不想動。

準人瑞表演一秒熟睡，斑馬貓……黑貓還能勉強咬著毯子蓋上，然後也睡死過去。

這個任務真的太累了。不是準人瑞執行天譴執行得很累，玄尊者撐起整個架構，恩威並施的培訓駕馭群鬼，更是累到破表……後期幾乎都是他在帶許夢槐。

沒有心情管會遭受到什麼懲罰，也沒有心情管積分盈虧，最想做的就是大睡一場。

夢鄉路穩宜常至。睡醒後黑貓只有這個感想。難怪羅回來第一件事情就是跟床生死纏綿。

嗯？沒被關小黑屋？沒有懲處書？

睡得頭上一撮呆毛的斑馬貓抱著胳臂深思。他犯的規章罄竹難書了說……

其實這個任務的難處在最初。

靈異世界是很稀有的，這個任務世界的規則又極獨特。頭七跟羅相隔開的時候，黑貓都嚇死了。

那七天是原主許夢槐最脆弱的時候，如果不能保護住她，即使度過死劫，沒能產生「皮膚」的她也創傷到永遠涵養不好了。

所以發現羅將許夢槐納入靈體內保護時，他感動得熱淚盈眶。

果然他太小看羅的腦洞了……宇宙黑洞級腦洞萬歲!!

第二個難點是癲狂混亂的心智。這種魂魄的涵養難度可說是MAX級的，譬如望舒郡主。但是望舒郡主堅韌到瘋狂都無法奪志，反過來涵養肉體輔佐任務達成。許夢槐卻只是個倒楣普通的小女孩。

一開始羅只是將之放置不管，奔著他看來沒什麼用處的「天譴」去了。他以為羅得不得已的代班到底……這樣「合格」都很拚，只能靠加分題了……

誰知道再一次的腦洞萬歲，潛移默化加上復仇成功，竟然能喚醒神智，在短短兩、三年間將她培養成厲，很快的能衝擊鬼將了。

這次的任務評價再次的「超越完美」。即使有炁道尊的幫忙，還是無法彈壓的讓個人評價躍上「A」。

不過無所謂了，每次都給危險度遮蔽的任務，個人評價形同虛設。

至於「超越完美」，無感了。沒這樣的評價他還要上訴呢。

畢竟，世界任務「天道尊嚴回歸」，他也是賣了一個任務的老命了。

這個任務世界最大的問題在於，「道德」規則的崩壞，最後底限法律被任意玩弄。人類對規則開始失望、產生不信任，甚至排斥規則，社會秩序將一點點慢慢崩潰。

這種慢性崩潰對天道來說宛如一個無法排除的Bug，產生的壞空是一種緩慢不可挽回的末日。

原版中的許夢槐成為第一任的閻羅王。她用暴虐而激進的態度，以「因果報應」、「地獄酷刑」來恫嚇人類，但是想掌控全世界的因果，閻王殿人（鬼？）手不足，不免要推延到下輩子、下下輩子……這種「來世報」其實是種嚴重的行政疏失，只能勉強延緩天道的慢性死亡罷了。

他和羅聯手橫插一槓，卻是完美補足了這種缺憾。制度、規章、合理的組織結構，使用高科技的電腦管理，和人類警方合作的「天譴派出所」。居於一個合理的協防單位，壓力大大減輕，效率卻飛速提高。

當世報與天譴的觀念深入人心，除了容易被玩弄的法律，這個特殊的靈異世界更有了一種對「老天爺」的信心與崇敬。

應該黯淡的命運線此刻熾熱明亮如火炬。

嗯。有時候他會覺得羅就是別人說的「天公啊仔」（天公之子）。麾下八百萬眾，許多做了上千任務的執行者都還不怎麼感覺得到天道，更不要說得天道之助。

……這樣真的沒問題嗎？

黑貓決定不去想。

因為他只是可憐的夾心餅乾，要罰也得先從炁道尊罰起哈哈哈哈……

咳。本來黑貓不敢看這次的任務積分。畢竟超時以秒計費是很可怕的事情……不過天公仔就是天公仔，這次天道給分異常大方，抵掉超時計費居然還有盈餘，黑貓感動得眼眶溼潤。

剛睡醒的準人瑞一臉迷糊聽黑貓開心得飛起的報告，「應該是夢槐他們將虛渺子解決了吧？」

黑貓回頭去看，果然。盈餘就是這道加分題。

為了對付虛渺子，準人瑞和黑貓爭分奪秒的諸多布置。

「他們用萬鬼陣困死了那王八蛋。」黑貓欣慰又自豪，因為陣法是他親手布置傳授的，「卯小雞破了魔頭潮。卯小雞和小青成了閻王殿的左右護法啦!!」

很久以後，歷練成熟的許夢槐脫穎而出，正式成為第一任閻羅王。

但是閻王殿的王位兩旁，卻虛設了兩把椅子。一把是羅仙的位置，另一把是玄尊的位置。

明明他們不會再回去。

解決了這個任務，黑貓想跟著準人瑞回追昔鎮逛逛。

跨過了門檻，黑貓尊者卻慘叫了……這回不是他忘了穿衣服。

之前只有本尊和貓形態是斑馬狀，現在分身人形的花紋卻是格子狀。一秒就逃回準人瑞的房間垂淚，根本不敢出來。

就算沒有明著懲罰，暗地裡也沒逃過。

更慘的是，恢復貓形態的玄尊者從斑馬紋正式成為斜格子紋。

準人瑞啞口無言片刻，「挺可愛的啊，獨一無二的格子貓。」

玄尊者以頭搶地。

這樣也好。準人瑞想，省得還要支開他。

「我，」準人瑞說，「我去補點貨。」

伏地痛哭的格子貓……黑貓還哽咽的說，「不要花太多積分！省著點……嗚嗚……」

其實滿快就回來了。只是有些鼻青臉腫。格子貓……黑貓疑惑的問，準人瑞支吾的說，不小心摔坑了。

……這坑一定很大，不然憑羅的身手怎麼會摔成這樣？

當天晚上，炁道尊打手機給黑貓。「唔，你們家的小女孩很厲害哈。」

滿頭霧水的黑貓回答，「羅？她一直很厲害啊。」

炁道尊沉默半晌，「厲害到將我掄到牆上。」

黑貓差點將手機給摔了。「這、這……這一定有什麼誤會！」

「太厲害了，都沒有漏出絲毫殺氣，一擊得手。」旡道尊滿懷興味的說，「雖然她也沒討著什麼好……不過是否讓你們太清閒？都閒到來掄上司了。」

「Boss你聽我解釋！喂？喂喂喂！」旡道尊，已關機。

黑貓黑白格子的臉都變成綠白格子了。

「羅！」他帶著哭聲咆哮。

準人瑞只將臉轉開，「說過要掄他，就一定要掄他。」

黑貓搗著格子狀的臉孔繼續以頭搶地。

國家圖書館出版品預行編目資料

司命書. 肆 / 蝴蝶Seba著.
-- 初版. – 新北市 : 雅書堂文化, 2018.02
面； 公分. -- (蝴蝶館 ; 81)
ISBN 978-986-302-414-9 (平裝)

857.7 107000880

蝴蝶館 81

司命書 肆

作　　者／蝴蝶Seba
發 行 人／詹慶和
總 編 輯／蔡麗玲
特約編輯／蔡竺玲
執行編輯／蔡毓玲
編　　輯／劉蕙寧・黃璟安・陳姿伶・李佳穎・李宛真
封　　面／斐類設計
執行美編／陳麗娜
美術編輯／周盈汝・韓欣恬

出版者／雅書堂文化事業有限公司
郵政劃撥帳號／18225950
戶名／雅書堂文化事業有限公司
地址／新北市板橋區板新路206號3樓
電子信箱／elegant.books@msa.hinet.net
電話／（02）8952-4078
傳真／（02）8952-4084

2018年2月初版一刷　定價240元

經銷／易可數位行銷股份有限公司
地址／新北市新店區寶橋路235巷6弄3號5樓
電話／（02）8911-0825
傳真／（02）8911-0801

Seba · 蝴蝶

Seba・蝴蝶

Seba・蝴蝶

Seba · 蝴蝶

Seba・蝴蝶

Seba・蝴蝶